El regreso del indio

MONTAÑA
ENCANTADA

Lynne Reid Banks

Ilustrado por María Jesús Leza

El regreso del indio

EVEREST

Coordinación Editorial: Matthew Todd Borgens
Maquetación: Ana María García Alonso

Título original: *Return of the Indian*
Traducción: Yolanda Chaves

Diseño de cubierta: Jesús Cruz

TERCERA EDICIÓN

Carretera León-La Coruña, km 5 - LEÓN
ISBN: 84-241-3270-X
Depósito legal: LE. 246-2001
Printed in Spain - Impreso en España

EDITORIAL EVERGRÁFICAS, S. L.
Carretera León-La Coruña, km 5
LEÓN (España)

EL REGRESO DEL INDIO

Con manos temblorosas, Omri hurgó en las profundidades del baúl hasta que encontró la caja que contenía la caja que contenía la caja. En la última caja, envuelto cuidadosamente en algodón, estaba el grupo indio que consistía en un poni marrón, un guerrero indio y una chica india vestida de rojo. La mano izquierda del guerrero estaba levantada diciendo adiós; su otro brazo rodeaba la cintura de la chica y sujetaba las riendas de cuerda. La chica, con las largas piernas colgando por los costados del poni, tenía las manos escondidas entre sus crines. La cabeza del poni estaba levantada, alerta y las patas tensas. Omri se estremeció al sostener las figuritas en su mano y contemplarlas.

—Vais a regresar… —susurró.

1. UNA DERROTA

Omri salió despacio de la estación a la calle Hove. Alguien con sentido del humor y un spray de pintura negra había añadido una "l" a la palabra "Hove" de la placa de la esquina, y lo había convertido en "calle Hovel"[1]. Omri pensó sonriendo que era mucho más apropiado que "Hove", porque sonaba agradable, como si estuviera cerca del mar. A Omri le hubiera gustado vivir junto al mar o en cualquier parte del mundo que no fuera la calle Hovel. Había intentado comprender por qué sus padres habían decidido mudarse de la otra casa que estaba en un barrio mucho más bonito para venir a vivir aquí. Sí, la nueva casa era más grande y también el jardín. Pero la zona era "cutre".

El padre de Omri protestaba porque Omri decía que era cutre. Pero es que él tenía coche. No necesitaba andar medio kilómetro por la calle Hovel todos los días hasta la estación como hacía Omri para ir al colegio, y otra vez –como ahora– para volver a casa por la tarde cuando ya había anochecido. Era octubre y ha-

[1] *Hovel*: juego de palabras en el inglés original. *Hove* quiere decir 'virado de un barco' y *Hovel*, 'cutre'.

bían retrasado la hora. Eso significaba que cuando salía de la estación era prácticamente de noche.

Omri era uno de los muchos niños que paseaban, jugaban o vagaban por la calle Hovel a esa hora, pero era el único que llevaba uniforme. Por supuesto se quitaba la chaqueta y la corbata en el tren y las metía a presión en la mochila, pero todavía le quedaban la camisa blanca, los pantalones negros y el jersey gris. Por mucho que se desarreglara, seguía destacando entre los demás muchachos.

Los otros niños iban a una escuela local donde no había que llevar uniforme. En otras circunstancias, Omri habría rogado a sus padres que le cambiaran de colegio. Por lo menos, así no habría sido un intruso evidente. O tal vez sí. No podía imaginarse yendo al colegio con esos chicos. Después de un trimestre de salir ileso de su estúpido antagonismo todos los días de colegio, les veía más o menos como una manada de lobos.

Ese grupo que le esperaba en la esquina junto al salón de juegos... Ya les conocía y ellos le conocían a él. Le esperaban cuando no tenían nada mejor que hacer. Su aparición parecía ser para ellos el acontecimiento del día. Sus caras se iluminaban en cuanto le veían acercarse. Necesitaba echar mano de todo su valor para seguir andando hacia ellos.

En momentos como éste se acordaba de Toro Pequeño. Toro Pequeño no medía más que una décima parte de Omri, y aun así se había enfrentado a él. Si alguna vez tuvo miedo, como Omri ahora, nunca lo demostró. Omri no era mucho menor que estos chicos. Lo único que pasaba es que ellos eran muchos y él era sólo uno. ¡Imagínate si hubieran sido gigantes igual

que lo era él para Toro Pequeño! Sólo eran chicos como él, pero unos años mayores. No, no eran como él. "Son ratas", pensó para darse ánimos antes de la batalla. "Cerdos. Sapos. Perros rabiosos." Sería vergonzoso demostrarles que les tenía miedo. Agarró con fuerza las asas de su cartera y siguió andando.

¡Si al menos hubiera tenido el revólver de Boone, o el cuchillo de Toro Pequeño, o su arco y sus flechas! ¡Si por lo menos supiera pelear como un vaquero o como un indio bravo! ¡Menuda lección les daría!

El chico por delante del cual tenía que pasar primero era un *skinhead*, igual que varios de los otros. La cabeza rapada le daba un aspecto de animal. Tenía la cara plana y blanquecina y cinco aros de oro en la oreja. Omri quizá debería dar un rodeo para quedar fuera de su alcance, pero no pensaba desviarse de su camino. La bota del *skinhead* avanzó rápidamente, pero como Omri lo esperaba saltó por encima. Cuando los otros se movieron a la vez, Omri huyó. La velocidad era su única esperanza. Echó a correr cargado con su pesada cartera.

Varias manos se lanzaron para agarrarle al pasar. Una le alcanzó y le sujetó. Omri atacó con la cartera y dio en el blanco. El chico le soltó, se dobló y dijo: "¡Aaaj…!". Omri recordó la vez que Toro Pequeño se peleó con Boone, el vaquero, y recibió una patada en el estómago. Había emitido el mismo sonido.

Alguien agarró el faldón de la camisa de Omri, él se sacudió y oyó cómo se desgarraba. Volvió a empuñar la cartera, falló y se encontró dando vueltas agarrado a ella. Oyó risas. Sintió el calor de la rabia bajo la piel. Ahora estaba lanzado, quería detenerse y pelear, pero vio sus caras estúpidas llenas de desprecio. Eso era lo que estaban esperando. Le darían una paliza. Ya lo habían hecho una vez y había llegado a casa sangrando por la nariz, con el hombro magullado y sin un zapato. También había perdido la cartera. Tuvo que volver (Adiel, su hermano mayor, le había acompañado), y encontró sus libros esparcidos por el suelo y la cartera llena de basura y porquería.

Una experiencia así algo enseña. Huyó odiándose a sí mismo, pero odiando aún más a sus enemigos. No fueron tras él. No tenían ganas de molestarse. Pero sus gritos y sus risas le persiguieron hasta la puerta de su casa. Cuando estuvo dentro aflojó la marcha. Ahora estaba a salvo. Era un mundo diferente. La propiedad tenía una valla alta que la aislaba de la calle. La casa era bonita. Omri no lo negaba. Podía ver el cálido e iluminado cuarto de estar con sus muebles familiares, sus lámparas, sus adornos y sus cuadros.

Su madre estaba dentro, acercando una cerilla al fuego. Omri se detuvo a observar desde la penumbra. Le encantaba ver las llamas, que también le recordaban a Toro Pequeño y las pequeñas fogatas que hacía fuera de su tipi, la danza del amor que había bailado alrededor del fuego cuando se casó con Estrellas Gemelas… Omri suspiró. Hacía más de un año desde entonces. Y no había pasado un solo día sin pensar en su indio y en todas las fascinantes aventuras que habían vivido juntos.

En ese tiempo, Omri había crecido un poco. Hubo momentos en los que casi hubiera querido creer que se lo había imaginado todo. Un indio de plástico de color rojo que vive. ¡Absurdo! Había tratado de arrinconarlo en su cerebro, pero no lo había conseguido. Era tan real para él como si hubiera sucedido esa misma mañana.

El armarito del cuarto de baño. La llave especial que le había dado su madre. Y la magia. La magia que volvía reales a las figuritas de plástico... Todo había sucedido. Y aún así, apenas hacía tres días, Patrick se había portado de una forma extraña. Había hecho dudar a Omri, dudar de su propia memoria.

Patrick también se había cambiado de casa. Cuando sus padres se divorciaron, él, su madre y su hermano se habían ido. Esto había sucedido hacía unos meses. Al principio los chicos se escribieron, pero, sin saber por qué, las cartas se acabaron. No habían vuelto a tener contacto hasta hace tres días. Omri salía por la puerta del colegio (el antiguo colegio de los dos –ahora Omri estaba en el último año antes de la enseñanza superior–) y había encontrado a Patrick esperándole.

Patrick había crecido. También su cara parecía distinta. Se quedaron uno frente a otro, sonriendo, no sabiendo qué decirse.

—¿Cómo te ha ido? —dijo Patrick por fin.

—Bien —dijo Omri—. ¿Te has mudado otra vez aquí?

—No. Venimos de visita. Se me ocurrió venir a ver mi antiguo colegio.

Habían empezado a andar hacia la estación.

—¿Te gusta el sitio donde vives ahora? —preguntó Omri.

—¡Oh, sí! Está bien. Una vez que te acostumbras. Tengo unos cuantos amigos. Y la casa es bonita. Se hace raro estar sólo los tres.

Omri no insistió. No podía imaginar la vida sin su padre, pero su padre no le pegaba, ni pegaba a su madre.

Siguieron charlando un poco violentos, con algunos silencios, pero luego la conversación fue mejorando. Cuando llegaron a la estación, era casi como si Patrick nunca se hubiera marchado y siguieran siendo tan amigos como antes. Por eso Omri no dudó en preguntarle:

—¿Dónde guardas a Boone y su caballo?

Patrick pareció dar un traspiés al andar, como si tuviera hipo en los pies.

—¿A quién?

Omri sintió que un escalofrío le recorría la espalda. Se detuvo.

—Boone.

Patrick también se paró. Miró a la estación por encima del hombro de Omri.

—¿De qué estás hablando? ¿Quién es Boone?

Omri frunció el ceño. ¿Estaba hablando en serio o era sólo una broma? Y Patrick no era un bromista.

—Lo sabes perfectamente. Tu vaquero.

Hubo un silencio. Patrick se frotaba el dedo pulgar contra el índice, produciendo un sonido rápido, seco y nervioso.

—Igual que Toro Pequeño era mi indio... —dijo Omri.

No podía creer lo que parecía estar ocurriendo, por eso siguió.

—... Todavía lo tengo, por supuesto. Quiero decir su figura de plástico. ¿Te acuerdas de cómo se subió a su poni, con Estrellas Gemelas delante de él, y levantó el brazo para decir adiós cuando cerramos la puerta del armario y les hicimos regresar?

El silencio duró tanto que pareció una eternidad. Luego Patrick volvió la cabeza y miró a Omri a la cara.

—Estás diciendo estupideces —dijo en voz alta—. Te regalé un indio de plástico por tu cumpleaños. Eso es lo que recuerdo —miró su reloj—. Mi madre me está esperando. Adiós

Y se fue.

Ahora, mientras estaba fuera de su casa en la creciente oscuridad, se le ocurrió una posible solución al preocupante e increíble suceso.

"Tal vez Patrick no quiere recordar", pensó. Porque una cosa como ésa... Bueno, te hace diferente del resto de la gente. Es un secreto que no se puede revelar nunca si no quieres que todo el mundo crea que estás loco. Se siente uno muy solo con un secreto así. Si Patrick no se hubiera cambiado de casa, si hubieran podido seguir hablando de ello y recordando juntos, él nunca lo habría negado o intentado aparentar que jamás había ocurrido.

2. UNA VICTORIA

Omri entró a la casa por la puerta lateral que daba a la cocina. Su gata blanca y negra, Kitsa, estaba sentada en el escurreplatos. Le observó con sus ojos verdes cuando se acercó a beber agua.

—No deberías estar ahí, Kitsa —le dijo—. Ya lo sabes.

Ella siguió mirándole. La salpicó con un poco de agua, pero ella le ignoró. El muchacho rió y le acarició la cabeza. Estaba encantado con ella. Le gustaba su independencia y su desobediencia.

Se preparó un trozo de pan con mantequilla y mermelada y se fue al cuarto de desayunar. En realidad, era el cuarto donde hacía todas las comidas. Omri se sentó y abrió el periódico por la página de las viñetas. Kitsa entró y saltó, no sobre sus rodillas, sino a la mesa, y se tumbó en el periódico justo encima de lo que él estaba leyendo. Siempre hacía lo mismo; no soportaba ver leer a la gente.

Había sido un día muy largo. Omri apoyó la cabeza en su brazo, a la altura de la cara de Kitsa, y la miró fijamente a los ojos. Tenía sueño y se sentía un poco gato. Cuando su madre entró de repente, se sobresaltó.

—¡Oh, mamá! ¡Qué susto me has dado!

—¡Omri!

La miró. Tenía un gesto extraño. Con la boca abierta y los ojos como platos, le miraba como si fuese la primera vez que le veía.

El muchacho se incorporó, con el corazón latiéndole a toda velocidad.

—¿Qué pasa?

—Ha llegado una carta para ti... —dijo su madre con voz rara, que concordaba con su mirada de ojos desorbitados.

—¿Una carta? ¿Para mí? ¿De quién?

—Lo siento..., pero la he abierto.

Se acercó a él y le dio un sobre largo, abierto por la parte superior. Venía algo impreso y su nombre y dirección escritos a máquina. Omri se quedó mirándolo. Decía "Telecom – Su servicio de Comunicaciones". Entonces se quedó paralizado. No podía ser. No tocó la carta, que estaba sobre la mesa junto a su gatita Kitsa. (Por una vez su madre no pareció darse cuenta de que la gata estaba ahí, pues normalmente la echaba.)

—¿Por qué la has abierto? —preguntó al fin Omri en tono enfadado.

—Cariño, no miré el nombre. Vosotros no soléis recibir cartas.

Se rió con risa entrecortada, algo histérica. Omri imaginaba lo que había sucedido. Únicamente quería..., bueno, hubiera querido ser el primero en saberlo.

—¡Vamos! ¡Léela de una vez!

El chico cogió el sobre y sacó la carta.

Querido Omri:

Nos complace informarte de que tu cuento "El indio de plástico" ha ganado el primer premio del grupo de tu edad en nuestro Concurso Telecom de Escritura Creativa.

Creemos que es una historia espléndida que muestra una capacidad extraordinaria de inventiva e imaginación. Nuestro jurado considera que merece su publicación.

Tu premio, 3.000 libras, se te entregará en la fiesta que daremos a todos los ganadores el 25 de noviembre, en el Hotel Savoy.

Se te enviará una invitación especial.

Te felicitamos por tu éxito.

Sinceramente,

Squiggle Squiggle
Director del Concurso

Omri se quedó mirando la carta mucho rato después de acabar de leerla. Por dentro, estaba saltando de la silla, dando vueltas corriendo por la habitación, abrazando a su madre, gritando de alegría. Pero en realidad estaba ahí sentado, mirando la carta y sintiendo como si tuviera carbones encendidos en el pecho, demasiado feliz para moverse o hablar. Ni siquiera se daba cuenta de que su mano libre acariciaba lentamente a Kitsa de la nariz a la cola una y otra vez, mientras ella ronroneaba de placer tumbada sobre el periódico.

Su madre le sacó de su embelesamiento.

—¡Cariño! ¿Te das cuenta? ¿No es fantástico? ¡Y no nos habías dicho ni una palabra!

En ese momento llegó su padre. Había estado trabajando en el jardín, como de costumbre, hasta que se hacía demasiado de noche para ver. Se sacudió el barro de los zapatos en la puerta, pero por una vez su madre no se preocupó del barro y casi le arrastró a la habitación.

—¡Ven y escucha esto! ¡He estado todo el día muriéndome de ganas de contártelo! Omri, ¡cuéntaselo! ¡Cuéntaselo!

Sin decir nada, Omri entregó la carta a su padre. Hubo un silencio; después su padre murmuró solemnemente:

—¡Dios de los cielos! ¡Tres mil libras!

—¡No es el dinero! —exclamó su madre—. ¡Mira, mira lo que dice de su cuento! Debe de ser brillante y nosotros ni siquiera sabíamos que tenía talento para escribir —se acercó a Omri y le abrazó—. ¿Cuándo podremos leerlo? ¡Oh, espera a que los chicos se enteren de esto...!

¡Sus hermanos! Sí. Eso casi sería lo mejor de todo. Siempre le trataban como si fuera tonto. Y contarlo en el colegio. Su profesor de Lengua no se lo iba a creer. Quizá el señor Johnson, el director, convocara una asamblea para dar la noticia, y luego todos aplaudirían, y le pedirían que leyese el cuento en voz alta... La cabeza empezó a darle vueltas de emoción. Se levantó de un salto.

—Voy a traer la copia y así podréis leerlo —dijo.

—¡Ah! ¿Tienes una copia?

—Sí, estaba en las bases —Omri se detuvo en la puerta y se volvió—. La hice en vuestra máquina de escribir cuando estabais fuera —confesó.

—¡Pues claro! Debió de ser aquella vez que encontré todas las letras enredadas —dijo su madre, aunque no estaba enfadada de verdad.

—Y cogí los folios y el papel carbón de la mesa de papá. Y un sobre grande para enviarlo.

Su padre y su madre se miraron. Estaban totalmente radiantes de orgullo, igual que cuando Gillon llegó a casa y dijo que había batido un récord de natación en el colegio, y cuando Adiel sacó 10 sobresalientes. Omri, al mirarles, supo que nunca hubiera imaginado que iban a sentirse así gracias a él.

—¡Bien! —dijo su padre, muy solemne—. Ahora ya puedes devolverme el dinero. Me debes el valor del sello.

Y su cara se convirtió en una enorme sonrisa, algo estúpida.

Omri corrió escaleras arriba. El corazón le latía con fuerza. Había ganado. ¡Había ganado! Nunca se hubiera atrevido siquiera a imaginarlo. Por supuesto, había soñado con ello. Después de todo, lo había hecho lo mejor que sabía y era una buena historia. Imaginación e inventiva, ¿eh? Eso era lo que ellos habían visto. El verdadero trabajo estaba en la forma en que lo había escrito y vuelto a escribir, y comprobado cómo estaba escrito hasta que estuvo seguro de que todas las palabras estaban bien. Había convencido a Adiel para que le ayudara en esa parte, aunque, por supuesto, sin decirle para qué era.

—¿Estribo? ¿Maíz? ¿Iroqueses?

—¡Iroqueses! —había exclamado Adiel.

—Es el nombre de una tribu india —dijo Omri.

¡Qué raro que no lo supiera! Omri había leído tantos libros sobre los indios de Norteamérica que había olvidado que no todo el mundo los conocía tan bien.

—No sé cómo se escribe. I–R–O–K...

—No, no es así. Es con "q". Pero no importa, ésa la sé escribir yo. Sólo quería saber si tú sabías cómo se escribía. ¿Güisqui?

Adiel se la deletreó y luego preguntó:

—¿Qué demonios estás escribiendo? ¡Qué palabras!

—Es un cuento. Tengo que hacerlo lo más perfecto que pueda.

—¿De qué trata? Déjame verlo —dijo Adiel tratando de coger el cuaderno.

Omri lo apartó.

—¡No lo toques! Te lo enseñaré cuando esté terminado. Venga, sigue. ¿Vendaje?

Adiel se lo deletreó (Omri lo había escrito bien) y Omri dudó antes de decir:

—¿Armario?

Adiel frunció los ojos.

—¿No irás a contar aquella vez que escondí tu "armario secreto" después de que tú me birlaras los pantalones de fútbol?

—Yo no...

—¿Cuando se perdió la llave y tú montaste aquel terrible escándalo? A mí no me metas en tus estúpidos cuentos del colegio.

—He cambiado los nombres —dijo Omri.

—Será mejor para ti. ¿Alguna palabra más?

Omri leyó en silencio hasta la siguiente palabra:

—Magnánimo.

—¡Caramba! —dijo Adiel, sarcástico—. Apuesto a que ni siquiera sabes lo que quiere decir.

—Sí que lo sé. Generoso.

—¿De dónde la has sacado?

—"Los Iroqueses eran una tribu feroz en la guerra, leales en la alianza, magnánimos en la victoria" —citó Omri.

—Pareces Winston Churchill —dijo Adiel con un tono de admiración en la voz—. No lo hagas demasiado rebuscado; si tu profesor cree que lo has copiado, te quitará puntos.

—Eso no lo he escrito yo, bobo —dijo Omri—. Estoy recordando lo que leí en un libro.

Sin embargo, estaba empezando a aficionarse a las palabras largas. Más tarde leyó toda la historia otra vez para comprobar que no había usado demasiadas. Su profesor siempre decía: "Hacedlo sencillo. Agarraos a lo que conocéis". ¡Poco podía imaginarse nadie lo mucho que se había agarrado a la verdad esta vez! Y ahora... "Imaginación e invención"...

Se detuvo en la escalera. ¿Había hecho trampa? Se suponía que debía ser una historia inventada. Eso decían las bases del concurso. "Escritura creativa" significaba eso, ¿verdad? No se podía crear algo que había ocurrido en realidad... Lo único que se podía hacer era escribirlo de la mejor manera posible. Había tenido que inventarse algunos trozos. Aunque los recuerdos de Toro Pequeño se mantenían vivos, no podía recordar todas las palabras que había dicho. Omri frunció el ceño y siguió subiendo. No se sentía del todo a gusto, pero, por otra parte... Nadie le había ayudado. Había escrito la historia él solo. Tal vez estuviera bien. De todas formas, ya no podía hacer nada.

Siguió subiendo más despacio hasta su habitación que estaba en el último piso de la casa.

3. ASÍ EMPEZÓ TODO

Omri era un muchacho bastante reservado. Necesitaba estar solo, al menos de vez en cuando. Por eso su habitación, que estaba justo debajo del tejado, era perfecta para él.

En la antigua casa, su habitación era una de las que daban al rellano de la escalera y, en determinados momentos del día, se había parecido a una estación. Su nueva habitación estaba totalmente aislada. Nadie (según él) tenía motivos para subir allí o para pasar por delante de su puerta. Había veces, ahora que lo tenía todo colocado a su gusto, que olvidaba lo horrible que era vivir en la calle Hovel, porque tener una habitación como ésa lo compensaba todo.

Como no era una habitación muy grande, su padre había colocado una tabla bajo la claraboya a modo de cama. Era fantástico, porque podía mirar el cielo por la noche. Bajo su tabla–cama, estaba su mesa de trabajo y varios estantes para su colección de botellas antiguas, llaveros y animales de madera. La pared al otro lado de la ventana estaba cubierta de posters, una mezcla de viejos y nuevos, de Snoopy y los Beatles a los "Police", y uno divertido, un poco grosero, sobre un exhibicionista que queda atrapado en un ascensor. En un lugar de honor había dos fotografías de jefes iroqueses que había encontrado en revistas. Ninguno de los indios se parecía ni de lejos a Toro Pequeño, pero le gustaban igual.

La ropa la guardaba en el rellano y así no estaba desparramada por el cuarto. Eso le dejaba mucho espacio libre para sus asientos de sacos de alubias, una mesa baja (le había serrado las patas por la mitad después de ver una foto de una habitación japonesa), su radiocasete y –su adquisición más reciente– un baúl antiguo.

Lo encontró en el mercado local lleno de suciedad y de grasa, lo compró por dos libras después de regatear y pidió prestado un carrito para llevarlo a la calle Hovel. Tuvo que limpiarlo con una lima y papel de lija, en la parte trasera del jardín, antes de subirlo a su habitación.

Había sido una ganga, como anunció el hombre del mercado. La madera era de roble, las bisagras de hierro y tenía una chapa de latón con el nombre de su primer propietario. Omri apenas pudo creerlo cuando limpió la chapa y leyó el nombre por primera vez. Era T. Pequen... *T. Pequen...* ¡Toro Pequeño! Naturalmente era una coincidencia, pero Omri pensaba que *si fuera supersticioso...* Sacaba brillo a la placa todas las semanas. De alguna manera, le hacía sentirse cerca de Toro Pequeño.

El baúl no sólo era interesante y bonito, sino también útil. Omri lo usaba para guardar cosas. Sólo había un problema. Tenía cerradura, pero no tenía llave. Por eso ponía cojines y otras cosas encima para que pareciera un banco. De esa forma, nadie que entrase a hus-

mear en su habitación (algunas veces sucedía, madres que limpian y hermanos que buscan algo "prestado") podía imaginar que dentro hubiera un montón de cosas interesantes y privadas.

Omri se arrodilló frente al baúl y tiró al suelo un montón de casetes, unas pesas (estaba empeñado en desarrollar sus músculos), varios cojines y tres ejemplares de una revista, entre otros trastos. Abrió la tapa del baúl. También estaba desordenado por dentro, pero Omri sabía cómo tenía que buscar. Al profundizar en la parte izquierda en busca de la carpeta que contenía su cuento ganador del premio, los dedos de Omri toparon con algo metálico y se detuvieron. Luego, con cuidado, movió las cosas que había encima y sacó el objeto metálico.

Era un armarito de baño blanco con un espejo en la puerta y una cerradura. En realidad, un viejo botiquín de baño. Lo puso sobre la mesa japonesa. Abrió la puerta. Aparte de una única balda, estaba vacío; tan vacío como la primera vez que se lo dieron; había sido un regalo de Gillon por su cumpleaños bastante raro, hacía un año.

Omri se puso en cuclillas para mirarlo.

¡Qué nítido volvía a ser todo! El armario. La extraña llavecita que había sido de su abuela y que había encajado misteriosamente en la vulgar cerradura y convertido su cajita metálica en una máquina del tiempo, aunque con ciertas diferencias. Pon cualquier objeto de plástico –un hacha, un tipi indio, un carcaj con flechas– dentro de él, cierra la puerta, gira la llave y las cosas se volverán reales. En miniatura, pero de verdad. Verdadero cuero, verdadera tela, verdadero acero. Pon la figura de plástico de un ser humano o un animal dentro y, en lo que se tarda en encerrarlos también, se convierten en reales. Reales y vivos. Y no sólo juguetes vivientes, sino personas de otro tiempo, con sus propias vidas, sus propios caracteres, necesidades y exigencias…

No todo había sido juego y diversión, como Omri esperaba ingenuamente al principio. Toro Pequeño no era un juguete que se sometiera dócilmente a que jugaran con él. Con su diminuto tamaño, era un feroz guerrero, salvaje y dominante.

Omri comprendió enseguida que si un adulto descubría las propiedades mágicas del armario, se lo llevaría y, con él, el indio y todo lo demás. Por eso Omri tuvo que mantenerlo en secreto y cuidar, alimentar y proteger a su indio lo mejor que pudo. Y cuando Patrick descubrió el secreto y metió a hurtadillas un vaquero de Texas en el armario para tener él también una "personita", empezaron los problemas.

Toro Pequeño y Boone eran enemigos naturales. Estuvieron a punto de matarse varias veces. Hasta sus respectivos caballos causaron innumerables problemas. Y después, Adiel se llevó un día el armario, la llave se cayó de la cerradura y se perdió. Omri, Patrick y los dos hombrecitos se enfrentaron a la horrible posibilidad de que la magia hubiera terminado, que aquellas diminutas e indefensas personas tuvieran que quedarse en la época de Omri, en su mundo "gigante", a su cargo, para siempre…

Fue eso, el miedo terrible que pasaron al comprenderlo, lo que hizo que Omri se decidiera a prescindir de su amigo indio (porque, de alguna manera, para entonces eran amigos) y enviarle "de vuelta" con su gente, de vuelta a su propio tiempo, con la magia del armario. Cuando encontraron la llave, todos estuvieron de acuerdo. Pero era muy duro marcharse, tan duro que Boone, que era vergonzosamente bondadoso para ser un vaquero, había llorado a lágrima viva y hasta los ojos de los niños se habían humedecido... Omri raramente se permitía pensar en aquellos últimos momentos, pues le entristecían demasiado.

Cuando volvieron a abrir la puerta del armario, había dos grupos: Toro Pequeño y la esposa que Omri le había buscado, Estrellas Gemelas, a lomos del poni de Toro Pequeño y "Boo–Hoo" Boone en su caballo blanco, sólo que volvían a ser de plástico. Patrick cogió a Boone y se lo metió en el bolsillo. Y Omri se quedó con los indios. Aún los tenía. Los había metido en una cajita de madera que guardaba en el fondo del baúl. Ahora era una caja, dentro de una caja, dentro de una caja. Cada una de ellas estaba atada con una cuerda. Había una razón para ello. Omri quería que fuera difícil acceder a ellos.

Siempre supo que tendría la tentación de volver a meter a Toro Pequeño y a Estrellas Gemelas en el armario y hacerles volver a la vida. Sentía curiosidad de saber cómo les iba, cosa que le atormentaba todos los días. Habían vivido en una época peligrosa, tiempos de guerras entre tribus, guerras apoyadas y fomentadas por los franceses y los ingleses que luchaban en tierras americanas en aquellos días lejanos. La época de Boone, la época de los colonizadores de Texas, cien años después de la época de Toro Pequeño, también era peligrosa.

Y había habido otro hombrecito, Tommy, el oficial médico de las trincheras de Francia en la Primera Guerra Mundial. Le volvieron mágicamente a la vida para que les ayudara cuando a Toro Pequeño le dio una patada su caballo, cuando Boone pareció que se moría de una herida de flecha… Tommy, tal vez, sólo tal vez, viviría aún en el mundo de Omri, pero sería muy viejo, tendría ahora alrededor de noventa años.

Al poner las figuras de plástico en el armario mágico y girar la llave, Omri tenía el poder de volverles a la vida, a la juventud. Podía arrancarles del pasado. Aquello nublaba su mente cada vez que pensaba en ello en profundidad. Por eso trataba de no pensar demasiado. Y para evitar caer en la tentación, había dado la llave a su madre, que la llevaba colgada del cuello con una cadena (era bastante decorativa). A menudo la gente le preguntaba y ella decía: "Es de Omri; sólo me la ha prestado".

No era del todo cierto. Omri le había insistido y rogado que la mantuviera a salvo. A salvo… no de perderse de nuevo, sino a salvo *de él*, de sus ganas de volver a utilizarla, de reactivar la magia, de volver a traer a sus amigos. De volver atrás el tiempo en que se había sentido no más feliz, pero sí más intensa y peligrosamente vivo.

4. EL DULCE SABOR DEL TRIUNFO

Cuando Omri bajó con la copia de su cuento, sus hermanos ya habían vuelto del colegio. Al ver que sus padres hablaban atropelladamente con mucha excitación, insistieron en que les dijeran lo que había sucedido, pero los padres de Omri, muy considerados, se negaban a estropearle la sorpresa. Sin embargo, en cuanto entró en la habitación, su padre se volvió hacia él y dijo:

—La noticia es de Omri. Pedidle a él que os la cuente.

—¿Qué ha pasado? —preguntó Gillon.

—Venga —dijo Adiel—. No nos vuelvas locos.

—Es que he ganado un premio —dijo Omri con gran despreocupación—. Toma, mamá.

Y le tendió la carpeta. Ella salió de la habitación con ella apretada contra su pecho, diciendo que no podía esperar ni un minuto más para leerlo.

—¿Un premio por qué? —preguntó Adiel cínicamente.

—¿Por ganar una carrera de burros? —preguntó Gillon.

—Nada del otro mundo. Por un cuento —dijo Omri.

Hacía tanto tiempo que no se sentía tan bien que deseaba prolongar el momento.

—¿Qué cuento? —preguntó Adiel.

—¿Cuál es el premio? —preguntó al mismo tiempo Gillon.

—Ya sabéis, el concurso de Telecom. Lo anunciaban en la tele. Tenías que escribir para que te mandaran las bases.

—¡Ah, eso! —dijo Adiel, y fue a la cocina a buscarse algo de comer.

Pero Gillon le miraba. Prestaba mucha atención a los anuncios y había recordado un detalle que a Adiel se le había olvidado.

—Los premios son dinero —dijo lentamente—. Mucho dinero.

Omri gruñó evasivo, se sentó a la mesa y colocó a Kitsa, que estaba aún allí, sobre sus rodillas.

—¿Cuánto? —preguntó Gillon.

—Hum...

—¿Cuánto dinero has ganado? ¿No habrá sido el primer premio?

—Sí.

Gillon se levantó.

—No... no has ganado tres mil libras...

La cara de Adiel asomó por la puerta de la cocina, con una expresión de cómica sorpresa.

—¿QUÉ? ¿Qué has dicho?

—Era el primer premio de cada categoría. Yo también pensé en concursar.

En la voz de Gillon aparecía ahora una mezcla de excitación y envidia que la hacían variar de registro arriba y abajo. Se volvió hacia Omri.

—¡Venga! Cuéntanos.

—Sí —volvió a decir Omri.

Sintió su mirada sobre él y una inmensa risa alegre que crecía en su interior, como aquella vez en que Boone hizo un diminuto y precioso dibujo en la clase de arte de Omri y la profesora lo vio y no podía dar crédito a lo que veía. Se había creído que lo había hecho Omri. Esta vez era aún más divertido porque esta vez sí lo *había hecho* él.

Un poco más tarde, estaba sentado viendo la televisión cuando entró Adiel sin hacer ruido y se sentó junto a él.

—Lo he leído —dijo después de unos momentos.

Su tono había cambiado por completo.

—¿El qué? ¡Ah, mi cuento indio!

—Sí, tu cuento indio.

Hubo una pausa. Después, Adiel, su hermano de sobresalientes en todo, dijo sinceramente, casi con humildad:

—Es uno de los mejores cuentos que he leído en mi vida.

Omri se volvió a mirarle.

—¿De verdad te ha gustado? —preguntó ansioso.

Por más peleas que tuviera con sus hermanos, y las tenía todos los días, su opinión era importante. Sobre todo la de Adiel.

—Sabes perfectamente que es brillante. ¿Cómo demonios pudo ocurrírsete toda esa historia? ¿Que vinieran de otro tiempo y lo demás? Está tan bien hecho, por eso..., yo no... Has logrado que me lo *crea*. Y cuando hablas de todas esas partes reales, de la familia ¡Caray! Quiero decir que es fabuloso. Yo... No te lo tomes a mal, pero no puedo creer que lo hayas escrito tú.

Después de una pausa, Omri dijo:

—¿Qué quieres decir? ¿Crees que lo he copiado de un libro? Pues no lo he copiado.

—¿Es totalmente original?

Omri le miró.

—¿Original? Sí, eso es exactamente, original.

—Bueno. Felicidades. Creo que es fabuloso.

Miraron la pantalla un rato y después añadió:

—Será mejor que vayas a hablar con mamá. Está llorando como una Magdalena.

Omri fue a regañadientes en busca de su madre y la encontró en el invernadero que había en la parte de atrás de la casa regando las plantas. Sin lágrimas –para su enorme alivio no estaba llorando–, le dedicó una sonrisa un poco empañada y dijo:

—He leído el cuento, Omri. Es absolutamente extraordinario. Es lógico que haya ganado. Tú eres el personajillo más misterioso que he conocido en mi vida y te quiero.

Le abrazó. Él se dejó un poco, luego se escabulló cortésmente.

—¿Cuándo cenamos?

—A la hora de siempre.

Estaba dándose la vuelta para irse cuando se detuvo y volvió a mirarla. Le faltaba algo. Vio de qué se trataba y el corazón le dio un vuelco.

—Mamá, ¿dónde está la llave?

Ella se llevó la mano al cuello.

—¡Ah! Me la quité esta mañana cuando me lavé la cabeza. Está en el baño de arriba.

Omri no quería correr, pero no pudo evitar hacerlo. Tenía que ver la llave para asegurarse de que no se había perdido. Subió las escaleras y entró en el baño de sus padres como un rayo. Allí estaba la llave, la vio nada más entrar, en la repisa junto al lavabo, con la cadena de plata enrollada alrededor.

La cogió. Era la primera vez que la tenía en las manos desde hacía un año. Parecía más fría y más ligera de lo que recordaba. Su parte de arriba retorcida y la complicada parte de la cerradura golpearon en algún lugar de su memoria. Al mismo tiempo algo más le golpeó, algo que había estado rondándole en la cabeza, algo indefinido, desde que había leído la carta.

Su cuento era *original.* Adiel le había quitado un peso de encima cuando había usado esa palabra. Incluso si no te inventas una historia, si *tú* has vivido esa experiencia y *tú* escribes sobre ella, es original. No había hecho trampas. Pero la historia no era solamente suya. También pertenecía a los hombrecitos –a Toro Pequeño y Boone, e incluso a Tommy, el soldado de la Primera Guerra Mundial–. (También pertenecía a Patrick, pero si Patrick había decidido negar que todo había sucedido era que renunciaba a todos sus derechos sobre ella.)

De repente, mirando la llave, Omri se dio cuenta de que su triunfo no sería completo si no lo compartía. No sólo con sus padres y con sus hermanos o con los chicos del colegio. Ningún premio, ninguna fiesta podía ser tan buena como lo que estaba pensando en esos momentos. Ésta era su razón –su excusa– para hacer lo que había estado deseando hacer desde el momento en que cerró la puerta del armario y transformó a sus amigos otra vez en muñecas de plástico. Sólo con Toro Pequeño y con Boone podía compartir el secreto que escondía su cuento, su parte más emocionante: que había ocurrido de verdad.

Salió del cuarto de baño y subió los escalones que había hasta su habitación en el ático.

No mucho tiempo, pensaba. No les traeré mucho tiempo. No lo suficiente como para que surjan problemas. Sólo el necesario para charlar un rato. Para saber cómo están.

Quizá Estrellas Gemelas había tenido un bebé, ¡un *papoose*![2] Qué divertido si se lo llevaba, aunque fuera diminuto para verlo. Toro Pequeño se había convertido en jefe mientras estaba con Omri, pero, cuando volvió a su tierra, su padre debía de vivir aún. ¡A Toro Pequeño no le habría gustado volver a ser un guerrero más! Y Boone, el vaquero llorón con talento artístico, profunda aversión a lavarse y gran bebedor... Pensar en él le hacía sonreír. Escribir sobre aquellos hombrecitos y sus aventuras le había traído una imagen tan clara de ellos que no parecía necesario hacer lo que iba a hacer.

---

[2] *Papoose*: nombre indio de 'niño, bebé'.

5. DE UNA ÉPOCA PELIGROSA

Con manos temblorosas, Omri hurgó en las profundidades del baúl hasta que encontró la caja que contenía la caja que contenía la caja. La sacó, cerró la tapa del baúl y puso las cajas encima. Desató la cuerda de la caja más grande con solemnidad, la abrió, cogió la siguiente y repitió la operación.

En la última caja, envuelto cuidadosamente en algodón, estaba el grupo indio que consistía en un poni marrón, un guerrero indio y una chica india vestida de rojo. La mano izquierda del guerrero estaba levantada diciendo adiós; su otro brazo rodeaba la cintura de la chica y sujetaba las riendas de cuerda. La chica, con las largas piernas colgando por los costados del poni, tenía las manos escondidas entre sus crines. La cabeza del poni estaba levantada, alerta, con las orejas casi pegadas a la cabeza y las patas tensas. Omri se estremeció al sostener las figuritas en su mano y contemplarlas.

—Vais a regresar... —susurró como si el plástico pudiera oírle.

¡No iban a seguir siendo de plástico durante mucho tiempo!

El armario estaba listo. Omri puso las figuritas de pie, no en la balda, sino en el suelo de metal. Luego as-

piró aire muy profundamente, como si fuera a sumergirse en un mar frío e incierto. Metió la llave en la cerradura, cerró la puerta y giró la llave.

Que aún funcione, que aún…

No había tenido apenas tiempo de acabar de formular la frase en su pensamiento cuando oyó el ligero y familiar sonido de las diminutas pezuñas sin herraduras golpeando y pateando sobre el metal.

Omri expulsó de una vez el aire de los pulmones. El corazón le latía con fuerza y la mano derecha le temblaba.

Sus dedos aún sujetaban la llave. En un segundo la giró y abrió la puerta del espejo. Y ahí estaban…

No. ¡No!

Cerró los puños. Algo iba terriblemente mal. Allí estaban las tres figuras. Las señales de vida que la superficie de plástico hacía borrosas, estaban ahí otra vez. El lustre del pelo del poni, la brillantez del vestido rojo, el cálido brillo de la piel morena. Pero…

El poni estaba bien. Haciendo cabriolas y dando golpes con las pezuñas, frotando la cabeza contra la cuerda. Cuando Omri abrió la puerta y la luz cayó sobre él, levantó las orejas y relinchó agitado. Sobre él estaba Estrellas Gemelas. Pero no iba delante. Estaba sentada detrás, casi en la grupa del caballo. Delante, tumbada con la cara hacia abajo, atravesada en el lomo del caballo, había una figura desmayada e inmóvil.

Era Toro Pequeño. Omri lo sabía aunque no podía verle la cara. La cabeza y los brazos le colgaban a un lado del caballo y las piernas al otro. Sus pantalones de ante estaban manchados de tierra y de sangre. Omri, contra su voluntad, miró más de cerca y vio con espanto de dónde salía la sangre. Había dos agujeros de bala, casi tan pequeños que no se veían, en la parte superior de su espalda.

Omri se quedó sobrecogido de la impresión. Miró a Estrellas Gemelas. Sujetaba las riendas del caballo con una mano y la otra la apoyaba en los anchos hombros de Toro Pequeño como para sostenerle e impedir que se cayera del poni. Tenía una expresión enloquecida. No había lágrimas en sus ojos, pero los tenía tan abiertos que Omri podía ver en ellos destellos de luz. Apretaba los dientes con desesperación.

Cuando vio a Omri, pareció un cervatillo asustado, pero después el miedo desapareció de su cara. Su mano dejó la espalda de Toro Pequeño un instante e intentó alcanzar a Omri. Era un gesto de llamada frenética. Quería decir "¡ayúdanos!", y era mucho más claro que las palabras. Omri no podía moverse ni hablar. No sabía cómo ayudarles. Lo único que sabía era que si no lo hacía, si nadie lo hacía, Toro Pequeño moriría. Quizás, ¡quizá ya estaba muerto! ¿Qué podía hacer?

Tommy.

Los conocimientos de medicina de Tommy no estaban muy al día. No podía ser de otra manera, porque había sido enfermero médico durante la Primera Guerra Mundial. Pero fue lo único que se le ocurrió a Omri, trastornado y aturdido como estaba.

Hizo señas con la mano a Estrellas Gemelas para que avanzase y, mientras ella conducía al poni hasta el borde del armario, Omri cogió la caja más pequeña. La figura de plástico del soldado uniformado estaba al fondo, con su bolsa de la cruz roja encima.

En cuanto el armario estuvo vacío y el caballo y los jinetes lejos de la puerta, Omri colocó a Tommy dentro y volvió a cerrarlo, girando la llave hacia atrás y hacia delante en un segundo. Eso era lo que tardaba la magia en surtir efecto.

—Todo irá bien —dijo a Estrellas Gemelas, que estaba sentada en el poni en lo alto del baúl junto a su cara—. Tommy le curará.

Abrió la puerta con ansiedad y metió la mano en el interior. Allí estaba la bolsa. Y el uniforme cuidadosamente doblado con la gorra de enfermero del revés encima del montón de ropa. Y las botas. Y las polainas, las bandas caqui que llevaban enrolladas a las piernas en aquella guerra, bien dobladas, dentro de la gorra. Nada más.

Omri lanzó un grito. Cerró de un portazo la puerta del armario para no ver aquel ordenado montón de ropa sin su dueño, que ya no la necesitaba. Lo supo al instante. Supo que Tommy no había llegado a viejo. Que uno de esos grandes obuses de los que había hablado, aquellos "Minnies", o quizá alguna otra arma, le había alcanzado. Su cara alegre, su valor y sus delicadas manos habían desaparecido, como tantos miles, en el barro de las trincheras. Omri nunca había sentido la muerte cerca. Nadie que él hubiera conocido había muerto. Un tío suyo había "pasado a mejor vida", como decía su padre, el año pasado, pero en Australia. Un chico del colegio había muerto en un accidente de coche, pero no era de su curso.

La muerte de Tommy, incluso un año después de que le viera por última vez, fue un golpe terrible. No tenía a nadie con quien compartirlo y, de cualquier manera, no había tiempo. Junto a su codo estaba el poni, sacudiendo la cabeza impaciente, sin hacer caso de nada que distrajera la atención de su dueño.

Los ojos brillantes de Estrellas Gemelas estaban fijos en él. Esperando. Confiando.

Más tarde. Pensaría en Tommy y lloraría por él más tarde. ¿Quién podía entender mejor que Tommy que hay que ocuparse de los heridos antes de llorar a los muertos? Apretándose la boca con la mano, Omri miraba a su alrededor inútilmente. Después se dirigió a Estrellas Gemelas.

¿Cuánto inglés sabría? Durante su breve estancia con él, antes, nunca le había hablado directamente. Ella sólo hablaba con Toro Pequeño en su propia lengua. Ahora tenía que lograr que le entendiese.

—No sirve —dijo lentamente—. No nos puede ayudar.

Ella pareció no entender nada, aunque el brillo de la esperanza desapareció un instante de su cara. Para hacer las cosas más fáciles, Omri volvió a abrir el armario y cogió la figura de plástico de Tommy, que había regresado reemplazando al triste uniforme, y la puso delante de la chica india. Se deslizó de lomos del poni y tocó la figura sin soltar las riendas.

Ella pareció entender de golpe que ahí no podían encontrar ayuda. Se volvió con rapidez hacia Omri.

—Ayuda. Tú —dijo con voz clara y argentina.

Omri sintió que una desesperación total le atenazaba el corazón, ya lleno de tristeza. Siguió la dirección que señalaba el dedo de Estrellas Gemelas hacia el cuerpo aparentemente sin vida que estaba atravesado en el poni.

—Debemos acostarle —dijo finalmente.

Era lo único que se le ocurría, aunque no debía ser lo único que podía hacer. Tenía que pensar. *Tenía* que pensar.

Miró a Estrellas Gemelas luchando por bajar el pesado cuerpo de Toro Pequeño del caballo. La ayudó todo lo que se atrevió, aterrorizado de que sus gigantescos y torpes dedos le lastimaran, pero al menos podía hacer que su mano sirviera de plataforma para bajar al suelo a Toro Pequeño. Con la otra mano acercó su caja de kleenex e hizo una especie de colchón con unos cuantos. Por lo menos estaban limpios y eran suaves. Pronto Toro Pequeño quedó tendido boca abajo.

Omri había estado antes en una situación parecida, cuando Toro Pequeño disparó contra Boone, el vaquero. Aquella vez les ayudó Tommy. Tenía algunos instrumentos diminutos, vendas y medicamentos.

Sus métodos, un poco brutales y anticuados, habían servido. Omri sentía profundamente la ausencia de su amigo, como suele suceder cuando uno no sólo echa de menos a la persona, sino sus habilidades, su papel en nuestras vidas. Por un momento se sintió casi enfadado con Tommy por estar muerto ahora que tanto le necesitaba.

Estrellas Gemelas, arrodillada junto a Toro Pequeño, miró hacia arriba. Dijo algo. Era una palabra india. Omri sacudió la cabeza. Estrellas Gemelas se retorció las manos. Señaló las dos heridas de bala y repitió la palabra más fuerte. Debía de ser algún remedio indio lo que pedía. Por primera vez Omri pensó: “Estaría mejor en el lugar de donde viene. Allí sabría lo que hay que hacer”.

Por lo menos podían limpiarle las heridas. Eso sí sabía cómo hacerlo. Tenía un desinfectante bucal, una cosa horrible con la que su madre le hacía hacer gárgaras cuando se resfriaba. La botella estaba en uno de los estantes. Dio un salto y la cogió. La cabeza le daba vueltas. Estaba empezando a darse cuenta de la locura que había sido volver a empezar aquel asunto otra vez. Estaba recordando la terrible sensación de responsabilidad, la ansiedad, la sucesión interminable de problemas que había que resolver... Y esta vez ni siquiera tenía a Patrick para que le apoyara o le diera ideas.

Patrick... Patrick era inútil. Ni siquiera ya *creía* en ello.

Omri sacó un trocito de algodón de la caja con el desinfectante y se lo dio a Estrellas Gemelas, haciendo gestos para enseñarle para qué servía. Ella lo comprendió enseguida. Limpió la sangre de la espalda de Toro Pequeño con ligeros y delicados toques. Los agujeros dejaron de sangrar. Omri, al recordar que hay que mantener calientes a los heridos y darse cuenta de que Estrellas Gemelas estaba tiritando, cogió uno de los guantes que llevaba al colegio y cortó el dedo meñique sin consideración con unas tijeras. Pronto el indio estuvo dentro del dedo de lana que le servía de saco de dormir. Omri y Estrellas Gemelas se miraron.

—¿Cómo? —preguntó Omri—. ¿Cómo sucedió?

El rostro de Estrellas Gemelas se ensombreció.

—Soldado —dijo—. Luchar. Arma.

—¿En la espalda?

Omri no pudo evitar preguntar. Era difícil imaginar a alguien tan valiente como Toro Pequeño recibiendo un tiro por la espalda.

—Caer caballo —dijo ella—. Toro Pequeño caer. Tierra. Soldados disparar.

Apuntó un arma imaginaria, un rifle o un mosquete. Hizo el gesto de *uno, dos,* después movió la mano con fuerza para expresar que los soldados habían huido, dejando que Toro Pequeño muriera.

—¿Tú lo viste?

Asintió furiosamente.

—Mujer ver. Soldados venir pueblo. Guerreros pelear. Soldados quemar casas. Matar muchos. Llevar prisioneros. Guerreros perseguir. ¡Fuera, fuera, lejos! Estrellas Gemelas esconder. Ver Toro Pequeño caer. Ver soldado... —volvió a hacer que disparaba—. Estrellas Gemelas correr, coger poni, traer Toro Pequeño casa pueblo. ¡Todo fuego! Guerreros muertos. Mujeres llorar. Cerrar ojos, no ver. ¡Fuuu...!

E hizo un sonido extraño, como una corriente de aire. Abrió los ojos y señaló a Omri con una mirada de sorpresa.

—Y, de pronto, estabas aquí.

Ella asintió.

—Espíritus traer. Tú salvar.

Omri se quedó mirándola. No tenía la menor idea de qué hacer y ahí estaba ella: confiando en él.

—¿No crees que estarías mejor en casa, en el pueblo? —sugirió desesperadamente.

Ella sacudió la cabeza con violencia.

—Pueblo todo fuego. ¡Muerto! ¡Muerto! —señalaba a todas partes en el suelo—. No ayuda. Sólo Omri ayudar hermano Toro Pequeño.

¡Hermano! Sí. Toro Pequeño había intercambiado unas gotas de sangre con él en el último momento y se habían convertido en hermanos de sangre. Debía, *debía* encontrar una manera de ayudar, pero, ¿cómo?

En ese momento, Toro Pequeño se revolvió y gimió.

Al instante, Estrellas Gemelas se agachó a su lado. Omri, cuyos ojos habían empezado a acostumbrarse a enfocar detalles diminutos otra vez, notó enseguida que estaba más gorda. ¿Sería posible que...? Pero Toro Pequeño se quejaba y protestaba. Sus piernas se crispaban. Omri se olvidó de momento de la nueva silueta de Estrellas Gemelas.

—¿Qué está diciendo?

—Decir "Omri, Omri" —contestó Estrellas Gemelas.

Más murmullos y ella dijo:

—Ahora decir "hermano".

Le miró con una expresión que le resultó insoportable. Se puso de pie.

—Escucha —dijo con voz ronca—, tengo que traer ayuda. Necesito algo... —la miró—. Déjame tus mocasines —concluyó señalando sus pies.

Desconcertada, pero obediente, se agachó, se sacó los blandos zapatos hechos de piel bordada con abalorios y se los dio. Él los envolvió cuidadosamente en un trozo de papel y se los metió en el bolsillo.

—Cuídale —dijo—. Ahora vuelvo.

6. BUSCANDO AYUDA

Omri cerró la puerta de su habitación con llave y bajó las escaleras.

Afortunadamente era viernes por la noche. Si no, habría tenido deberes que no hubiera podido hacer. Sus padres y Gillon estaban viendo la televisión. Adiel había salido con sus amigos.

—Mamá, ¿te acuerdas de Patrick? —dijo como por casualidad.

—Claro que me acuerdo de Patrick.

—Se fue a vivir al campo.

—Ya lo sé.

—Le vi la semana pasada.

—¿Dónde?

—Cerca del colegio. Dijo que su madre había vuelto para visitar a alguien.

—A su hermana, imagino.

Su madre se volvió hacia el televisor.

—¿Su hermana? ¡No sabía que Patrick tuviera una tía!

—No seas tonto, claro que lo sabías. Vivía tres portales más abajo de nuestra antigua casa.

Omri frunció el ceño recordando. ¿Eran aquellas dos niñitas asquerosas?

—Tamsin y Emma. Bonkins o algo así. Donkins. Son las primas de Patrick.

—¿Tú crees que Patrick estará allí?

—Puedes averiguarlo fácilmente. Todavía tengo su número de teléfono en mi agenda. Está en la mesa de la entrada.

Tres minutos después, Omri oyó la voz de Patrick en su oído.

—¿Patrick? Soy yo. Omri. Tengo que verte.

—¿Cuándo?

—Esta noche.

—*¿Esta noche?*

—Es muy importante.

—¿No puedes esperar?

Omri notó cierta desgana en la voz de Patrick. Lo comprendió.

—No.

—Estoy viendo una película de miedo.

—La película de miedo no empieza hasta las once y media —contestó secamente Omri.

Hubo un silencio.

—No irás a empezar otra vez con toda esa basura sobre...

—Voy ahora mismo —dijo Omri, y colgó.

Salió con sigilo por la puerta trasera y pronto estaba corriendo por la calle Hovel hacia la estación.

Alguna de las tiendas, así como los recreativos, estaban aún abiertos... También los pubs. Sus puertas de cristal dejaban salir un brillo alegre y muchas voces hablaban en voz alta cuando Omri pasaba por delante corriendo. En el salón de recreativos, los *skinheads* exterminaban a los invasores del espacio, no en grupo y haciendo ruido como los que iban a los pubs, sino ceñudos, absortos, cada uno inclinado sobre una máquina. No le vieron. Omri siguió corriendo con una sensación de alivio. Aquella horrible calle era más segura por la noche.

A veces tenías que esperar siglos hasta que llegaba un tren, pero esa noche Omri tuvo suerte. El trayecto, no obstante, sólo de tres paradas, se le hizo eterno. En cuanto llegó, echó a correr, pero esta vez sin miedo. Encontró la casa de sus antiguos vecinos y tocó el timbre. Patrick abrió la puerta y se quedó mirándole de una manera bastante poco amistosa.

—Bueno, ya que estás aquí, entra —dijo.

Era una casa pequeña y exactamente igual que la suya antigua, hasta en las bicicletas atestando la estrecha entrada. La madre de Omri había dicho, medio en broma, que la razón por la que quería mudarse a la nueva casa era porque así no tendría que tener bicicletas en el entrada. Patrick le condujo escaleras arriba, sin decir ni una palabra, hasta un pequeño dormitorio de la parte de atrás. Tenía dos literas, llena de volantes de color rosa.

—Mi tía me obliga a dormir en este cuarto de niñas —dijo—. Menos mal que mañana vuelvo a casa.

Se sentó en la litera de abajo dejando a Omri de pie. Hubo un breve silencio. Patrick miró a Omri. Tenía los labios apretados. Sus ojos decían: “No hables de eso”. Estaba suplicando en silencio que no lo hiciera, pero Omri fue implacable.

—¿Por qué intentas aparentar que nunca sucedió? —preguntó bruscamente.

—¿Qué? —dijo Patrick.

Tenía una expresión idiota, malhumorada, como la de los *skinheads*.

—Ya sabes a qué me refiero.

Patrick miró al suelo. No se movió.

—Les he hecho regresar —dijo Omri.

Patrick se puso de pie tan de repente que se dio un golpe en la cabeza con la litera de arriba. Se había quedado pálido, maldiciendo para sus adentros.

—No te creo —dijo.

—Es la verdad. Los puse en el armario y volvió a suceder lo mismo. La... (no quería utilizar la palabra "magia") aún funciona. Exactamente igual. Sólo que...

Patrick le miraba con el ceño fruncido, incrédulo, como si acabara de despertar de un sueño para darse cuenta de que el sueño continuaba.

—... Lo más horrible de todo es que Toro Pequeño está herido.

Después de una pausa, Patrick murmuró algo para sus adentros. Omri se acercó.

—¿Qué?

—No es verdad. Nada de esto es verdad. Sólo... lo inventamos —susurró Patrick.

Omri sacó la mano del bolsillo y tendió algo a Patrick.

—Mira. Y deja de engañarte a ti mismo.

Casi contra su voluntad, Patrick miró. Parpadeó varias veces. Luego acercó la mano y desenvolvió el paquete de papel. Se quedó mucho rato mirando los diminutos mocasines bordados.

—Son de verdad —suspiró Patrick.

Se volvió hacia la ventana y se quedó mirando la oscuridad. Omri le dejó adaptarse a ella. Cuando se dio la vuelta volvía a ser el Patrick de antes. Un poco más mayor, pero fundamentalmente el mismo.

—¿Cómo ocurrió?

Al oírle decir eso, Omri sintió unas ganas locas de abrazarle. Ahora, por lo menos, no estaba solo con su problema.

—Unos soldados franceses le dispararon. Supongo que eran franceses. Ya sabes que los iroqueses luchaban con los ingleses, y los franceses estaban contra ellos. Tenemos que encontrar el modo de sacarle las balas, o las bolas de mosquete, o lo que sean.

—Es fácil —dijo Patrick—. Haz venir a Tommy.

Omri tragó saliva.

—Está muerto.

Patrick se quedó boquiabierto.

—*¿Muerto?*

—Debieron de matarle en la guerra. Él dijo la última vez, cuando íbamos a hacerle regresar, que oía un proyectil grande acercándose. Estoy seguro de que ése fue el que le mató.

Patrick le miraba atónito.

—¿Quieres decir que si no le hubiéramos hecho regresar en ese momento…?

—No creo que funcione así. Su… su cuerpo verdadero, el grande, debía de estar ahí, en su tiempo, durmiendo en la trinchera. El obús le hubiera matado de todas maneras.

Patrick se pasó la mano por el pelo.

—¿Y dices que Toro Pequeño está herido?

—Sí. Estrellas Gemelas está con él. Ella cree que los espíritus la trajeron a mí para que le salve la vida. Tengo que hacer algo. Y no sé qué.

Omri notó el agudo tono de desesperación de su voz. Patrick seguía sentado muy quieto, pensando.

—¿Qué hiciste con todos tus muñecos de plástico? —preguntó al fin—. Aquellos con los que solíamos jugar.

—Estarán en el desván.

—Mi madre tiró los míos.

—¿Los tiró? —preguntó Omri, incrédulo—. ¿Sin consultarte?

—Hacía siglos que no jugaba con ellos.

—Aún así, ¿por qué?

—Mira —dijo Patrick—. Hemos perdido a Tommy, pero la magia todavía funciona. Si encontramos una figura de doctor, *moderna*, será mucho mejor.

Su deslealtad hacia su amigo muerto se les hizo patente de inmediato y Patrick se ruborizó.

—No quería decir... Tommy salvó la vida de Boone, ya lo sé. Pero debemos ser realistas. Se ha avanzado mucho. Existen nuevos medicamentos, nuevas técnicas. ¿No hay ninguno en tu colección que nos sirva?

Omri se quedó pensando y luego sacudió la cabeza.

—Los que yo tenía eran vaqueros y caballeros y soldados. Cosas de ésas —dijo.

Patrick se puso de pie.

—Pero los hay nuevos. Los he visto. Los he visto hace muy poco.

Se le cambió la cara. Casi gritó:

—¡Espera!

Salió corriendo de la habitación. Un instante más tarde estaba de vuelta.

—¡Mira!

En las manos traía una caja grande y plana de figuritas de plástico nuevas. No eran soldados ni indios.

Eran personajes corrientes de la época actual. Omri supo de qué tipo echándoles una sola mirada. *Profesionales*.

Había un juez con una peluca larga y varios abogados. Había ejecutivos con maletines, uno de ellos con sombrero de hongo. Había científicos con ropas de laboratorio. Había una enfermera. Y... Omri lanzó un grito. ¡Había médicos! Dos para ser exactos. Uno era un médico normal, con un estetoscopio alrededor del cuello. El otro era un cirujano, con bata verde y mascarilla.

Casi farfullando de emoción y alivio (se sentía como si estuviera ante la cueva de Aladino), Omri los miró de cerca. El hombre estaba inclinado sobre una mesa de operaciones. ¡Sí! Ahí estaba lo que necesitaba. Instrumental, bandejas llenas, todo formaba parte del mismo grupo. Toro Pequeño estaba salvado.

—¡Eso es! —gritó—. ¡Vamos, rápido!

Pero, de repente, Patrick se quedó pensativo.

—¿Qué pasa? —preguntó Omri, impaciente.

—No son míos.

—¿Qué importa? ¿De quién son?

—De mi prima. Se los regalaron ayer por su cumpleaños.

—¡Se los devolveremos!

—Tamsin se pone furiosa si alguien toca sus cosas. Seguro que se da cuenta de que no están.

—Pero Toro Pequeño está muriéndose...

Patrick se encogió de hombros.

—De acuerdo. Será mejor que los envolvamos.

Encontraron una bolsa vieja y metieron la caja dentro. Iban bajando la escalera cuando se abrió una puerta y apareció una niña que Omri recordaba muy bien. Patrick se detuvo en seco, como un ladrón cogido infraganti.

—¡Dios mío! ¡Es ella! —murmuró—. Hasta luego...

Pero no se volvió atrás. Siguieron andando hacia la puerta principal.

Tamsin se interpuso en su camino. Era una niña muy alta para su edad, tenía la mandíbula pronunciada y era cejijunta.

—¿Adónde vas, Paddy? —preguntó con un tono burlón.

Ignoró a Omri a pesar de que le había reconocido. Nunca se habían llevado muy bien.

—A tomar algo.

—¿Lo sabe tu madre?

—Ahora iba a decírselo.

—Seguro.

—Claro que sí. *Perdona.*

Al pasar por delante de ella, el instinto de posesión debió advertirla. Agarró la bolsa. Patrick no se lo esperaba y la soltó. En un segundo, la había abierto y miraba el interior. La cara que se le puso era de auténtica furia.

—¡Estás robando mi regalo! —dijo despacio y en tono amenazador.

—¡No es cierto! Sólo íbamos a cogerlos prestados para esta noche.

—Para esta noche. ¿Estás loco? No te los dejaría ni cinco segundos.

Algo empezó a hervir en la cabeza de Omri. Ahí estaba lo que necesitaba para salvar la vida a Toro Pequeño. Aquella endiablada niña lo apretaba contra sí como si quisieran arrebatarle un saco de oro.

—¡Íbamos a pedírtelos! —balbuceó Patrick mintiendo—. ¡Por favor, déjanoslos!

—¡No!

Su voz y su expresión eran inflexibles. Inmediatamente supo que no cambiaría de opinión. Le embargó un impulso nacido de la desesperación. Fue hacia ella e intentó arrebatarle la bolsa.

Ella se resistió y chilló. La bolsa se rompió, la caja cayó y se abrió. Quedaron en el suelo todas las figuras sujetas con gomas a la caja. Omri no lo dudó. Se lanzó sobre ellas, agarrando y retorciendo. Tamsin se tiró encima, agarrándole y retorciéndole a él. Sintió que casi le arrancaba la oreja, golpes en la cabeza y patadas en el tobillo, agudas como el mordisco de un perro, del zapato puntiagudo de Tamsin. Mientras peleaban, cayó una bicicleta encima de ellos y luego otra.

Un momento después, se abrió una puerta de golpe y una voz exasperada de adulto gritó:

—¿Os habéis vuelto locos? ¡Parad inmediatamente! *¡Tamsin!*

Quitaron de encima las bicicletas a la niña, poniendo fin a la tortura, aunque los dolores persistían.

—¡Están robando mi regalo! ¡Mis figuritas! —gritó como loca Tamsin, sujeta en volandas y sacudiendo brazos y piernas como una araña monstruosa.

—*¿Patrick?*

Pero Patrick ya estaba en la puerta y Omri se levantaba.

—No queremos sus figuritas —murmuró—. ¡Sólo era una broma!

Y antes de que pudieran decir nada más, salieron.

La madre de Patrick se dirigió al umbral de la puerta y les gritó:

—¿Adónde creéis que vais, niños?

Patrick respondió gritando:

—¡Me quedo a dormir en casa de Omri!

—¡Vuelve aquí! —llamó su madre— . ¡Te olvidas el cepillo de dientes!

Pero ellos ya habían doblado la esquina.

7. MATRONA

Omri se detuvo bajo la primera farola. El corazón se le salía del pecho.

—¿Lo conseguiste? —preguntó Patrick, ansioso.

Omri tenía algo en las manos. Pero no era lo que él quería. No era el cirujano, pues hubiera notado la forma cuadrada de la mesa de operaciones. Era una figura sola. Apretó la mano fuertemente, con miedo a mirar. ¿Y si era un simple abogado o aquel ejecutivo idiota con sombrero de hongo?

Lentamente, en el suspense de la agonía, Omri abrió los dedos. Los dos chicos se hundieron en la desesperación. Omri gimió.

Patrick le animó:

—Podía haber sido peor. Las enfermeras tienen que saber algo.

—No pueden operar. No están preparadas.

—Es mejor que nada.

Siguieron andando, Omri se sentía hundido en la miseria. Patrick seguía intentando darle ánimos.

—Escucha, si aguanta hasta mañana, podremos comprar lo que queramos. En la juguetería tienen el mismo modelo. Mientras tanto, la enfermera podrá decirnos lo grave que está.

—Si no se muere del susto cuando la saquemos del armario —dijo Omri.

Se maldecía a sí mismo por no haber podido coger al cirujano. También le hubiera gustado saltar sobre el estómago de Tamsin hasta que suplicara piedad. Estaba magullado por todas partes.

Patrick, por supuesto, nunca había visto la zona en la que vivía Omri ahora. Cuando salieron de la estación, se detuvo, miró la Calle Hovel y dijo:

—¡Caray! Esto es un poco duro.

Omri no dijo nada. Empezaron a caminar deprisa hacia su casa.

—¿Qué tal son los chicos por aquí?

—Bueno, hay que defenderse.

Pasaban por delante del salón de recreativos, por la otra acera, por supuesto. Estaban a punto de cerrar. El propietario, un hombre de aspecto malhumorado, echaba a todo el mundo fuera. Se oían palabrotas, insultos y empujones. Empezó una pelea. Un *skinhead* bastante pequeño empujó a un chico mayor que reaccionó lanzándole a la calzada, donde un coche tuvo que esquivarle por los pelos.

—¡Demonios! ¿Has visto eso? —exclamó Patrick.

—Sí. Y la próxima vez seremos nosotros, si nos ven —dijo Omri—. ¡Vamos!

La madre de Omri les abrió la puerta en cuanto llamaron. Estaba furiosa.

—¿Dónde os habíais metido? No vuelvas a salir a la calle sin decírmelo. ¡Estaba histérica! ¡Oh, hola, Patrick! Me alegro de verte. ¿Te quedas a dormir?

Patrick se quedó cortado, pero Omri no tenía tiempo de calmar a su madre. Tras un breve: “Lo siento, mamá", arrastró a Patrick tras él por las escaleras, sordo a las preguntas sobre dónde había estado y dónde iba a dormir Patrick.

Tan pronto como cerraron la puerta de la habitación, Omri encendió la luz. Había dejado encendida la luz de la mesilla para que Estrellas Gemelas no se quedara a oscuras. Patrick se acercó con cuidado al baúl, con los ojos abiertos como platos, como si volviera a no creer nada. La visión de las diminutas criaturas vivientes le pareció increíble. Estrellas Gemelas se había puesto de pie cuando entraron. Reconoció a Patrick al momento y levantó la mano para saludarle.

—Hola, Estrellas Gemelas —dijo suavemente—. ¿Cómo está Toro Pequeño?

Ella se apartó y señaló. Toro Pequeño tenía los ojos abiertos. En ellos se veía el dolor. Miró a Patrick y después vio a Omri. No dijo nada, pero su expresión se alegró. Cerró los ojos.

—¿Omri ayudar ahora? —preguntó Estrellas Gemelas en tono suplicante.

—Vamos a intentarlo.

Quería decirle que no se hiciera demasiadas ilusiones, pero no pudo.

Sacó la figura de la enfermera del bolsillo. Patrick y él volvieron a mirarla.

—Lleva uno de esos gorros altos y raros —dijo Patrick—. Los he visto en las películas. Las enfermeras que llevan esos gorros son importantes. Todas las demás se escabullían a toda velocidad cuando ellas aparecían.

—¿Será una matrona? —dijo Omri al que también para algo le servía ver la televisión.

—Sí. Algo así. ¡Vamos, hagámoslo!

Sean cuales fueran las circunstancias, éste era siempre un momento de tensión. Metieron dentro del armario a la figura de mujer con un uniforme azul, un delantal blanco y un gorro extraño. ¿Sería vieja o joven? ¿Espantosa o simpática? Y, sobre todo, ¿cómo reaccionaría cuando les viera?

Anteriormente, las personitas que habían traído a la vida habían sido bastante supersticiosas o estaban tan borrachas que aceptaban muy bien la fantástica situación. Incluso Tommy había resultado fácil de convencer haciéndole creer que era un sueño. Pero una persona moderna tendría muchas más dificultades para aceptar los hechos.

Un rápido giro de la llave adelante y atrás e, instantáneamente, se oyó una voz severa llamando desde dentro del armario.:

—¡Enfermera! ¡ENFERMERA! ¡Llame inmediatamente y diga a Mantenimiento que hay un corte de energía en el sector 12! No se preocupen, señoras, es sólo un fallo de la electricidad; el generador volverá a funcionar en un momento.

Omri abrió la puerta del armario.

—¡Ah! —gritó la voz—. ¡Esto está mejor! Y ahora, ¿qué estaba yo...?

Se detuvo.

Omri abrió la puerta del todo. La matrona estaba de pie en la balda sobre la que la habían puesto, con los brazos en jarras. Miró las enormes caras unos segundos. Se tapó los ojos, se los frotó, sacudió la cabeza y volvió a mirarles. Luego dijo:

—¿Qué es esto, niños? ¿Es algún truco? ¡Dejad los espejos e id a la cama!

Como no ocurrió nada, la cara se le quedó tan blanca como el gorro. Dio una especie de vuelta sobre uno de sus tacones y cayó hacia atrás.

Omri pudo cogerla por poco. Esperaba algo así. Estaba desmayada en la palma de su mano. Omri se maravillaba al sentir su diminuto cuerpo inerte y cálido dentro de la ropa almidonada, vivo. La llevó suavemente al baúl y se la enseñó a Estrellas Gemelas.

—Mujer blanca, ¿muerta? —preguntó horrorizada.

—No, no. Sólo se ha dado un susto. Haz que se siente y ponga la cabeza entre las rodillas.

Le mostró cómo hacerlo. Estrellas Gemelas no perdió el tiempo. En uno o dos minutos, la matrona dio señales de vida. Lo primero que hizo fue comprobar que seguía llevando su gorro, que era como un castillo de organdí con sujeciones y banderas volantes. Milagrosamente, estaba en su sitio.

Se puso de pie y miró a su alrededor. Era de mediana edad, según supuso Omri por su cara y su voz. Llevaba gafas, no iba maquillada y resultaba impresionante. Se alegró de no ser un paciente a su cargo. Al mismo tiempo parecía conocer bien su trabajo, si no estaba lo bastante aterrorizada para hacerlo.

Se aclaró la garganta.

—Ya sé que es difícil de creer —empezó—, pero usted ha llegado aquí a través de un armario mágico que la ha hecho pequeñita. Por favor, no se asuste. Puede creer que es un sueño si lo prefiere así, o algún truco, pero no tiene nada que temer. Después de que nos haya ayudado, puede regresar a su… a su vida normal. ¿Le importaría decirnos su nombre?

La mujer abrió la boca y volvió a cerrarla varias veces como si fuera un pez. Luego consiguió decir, muy débilmente:

—Pueden llamarme matrona...

Entonces se balanceó y se puso una mano en la sien.

—¡Debo de estar volviéndome loca! —murmuró.

Parecía que iba a desmayarse otra vez.

—¡Por favor! ¡No está loca! ¡No se desmaye!

La matrona se irguió y levantó la barbilla.

—*¿Desmayarme? ¿Yo?* No sea ridículo —se enderezó el gorro y les miró con arrogancia—. ¡Las matronas no se desmayan! ¡Qué tontería!

Patrick abrió la boca, pero Omri le hizo callar.

—Le pido perdón —dijo.

—No me vendría mal una buena taza de té —dijo ásperamente—. Sobre todo, si hay algo que hacer.

—Lo hay —exclamó Omri, lleno de ansiedad—. Luego le traeré el té, pero, por favor, ¿puede cuidarnos a un paciente?

Estrellas Gemelas casi empujaba a la matrona hacia el lugar donde estaba Toro Pequeño tumbado.

—¡Santo cielo! —murmuró la matrona.

Se ajustó el gorro y las gafas y se arrodilló junto al cuerpo de Toro Pequeño. Después de un breve, pero eficaz, examen, se levantó, miró por encima de sus gafas a Estrellas Gemelas, se aseguró de que ella no era culpable de ningún crimen, y volvió su mirada acusadora hacia los chicos.

—A este hombre —anunció—, le han disparado en la espalda.

—Sí. Ya lo sabemos —dijo Omri.

—Necesita que le operen inmediatamente para sacarle las balas.

—Lo *sabemos* —dijo Omri, y añadió cortésmente—: Sólo que no son balas, son bolas de mosquete. Ya ve...

—Tienen que llevarle enseguida al hospital más próximo. Les recomiendo el mío: Santo Tomás.

—Matrona —dijo Patrick.

—¿Sí, joven?

—No podemos. Ya lo ve: Santo Tomás es de nuestro tamaño y él es del suyo. No podrían ayudarle. Todo sería demasiado grande para él. ¿No se da cuenta?

La matrona cerró los ojos un momento, se balanceó visiblemente (Omri adelantó la mano para cogerla) y se repuso con esfuerzo.

—Esto es *enormemente* peculiar —señaló—, por llamarlo de alguna manera. No logro entender qué es lo que me ha pasado. Pero, aún así... ¡Rápido! ¿Qué sugieren?

—¿Resistirá hasta mañana?

La matrona frunció los labios y sacudió la cabeza.

—Probablemente no.

Omri estaba descorazonado.

—¿Podría... podría hacerlo usted?

La matrona contestó bruscamente:

—*¿Yo?* ¿Hacer el trabajo de un cirujano? Eso sería impensable: La ética de la profesión médica lo prohíbe absolutamente.

—¿Y si no lo prohibiera?

—¿Qué quieres decir?

—Quiero decir..., *¿podría* usted hacerlo si le dejaran?

—¿Me dejaran? No es una cuestión de permiso.

—¿Entonces? Mire cómo estamos —dijo Omri con el mismo tono de súplica en la voz que había visto en los ojos de Estrellas Gemelas—. Nadie más puede hacerlo.

La matrona se dio la vuelta y se quedó mirando a Toro Pequeño un largo rato.

—No tengo equipo —dijo finalmente.

Patrick echó la cabeza hacia atrás con un lamento.

—Es cierto. ¡Claro que no! ¡Nadie puede operar sin instrumental! ¿Por qué no lo pensamos antes?

—Yo sí lo pensé —dijo Omri—. Tenemos instrumental. Un poco.

Patrick se volvió hacia él.

—¿Dónde?

Como respuesta, Omri volvió a coger la figura que una vez fue Tommy. La puso dentro del armario y giró la llave. Cuando abrió la puerta, volvió a encontrar el montón de ropa, las botas y la bolsa con la cruz roja estampada.

8. LA OPERACIÓN

Eres *fantástico*! —susurró Patrick, cuando Omri recogió con delicadeza el pequeño objeto.

Con la mano libre, dio la vuelta a una de las cajas en las que guardaba las figuras de plástico, puso unos cuantos kleenex encima y la bolsa en medio.

La matrona fue hacia ellos produciendo un crujido de su delantal almidonado. Parpadeó un poco al ver la vieja bolsa raída y mucho más cuando la abrió. Se echó hacia atrás.

—¿Pretenden de verdad que extraiga balas de la espalda de un hombre con esta colección anticuada de piezas de museo? —casi chilló.

—¿Tan distintos son de los que se usan hoy en día? —preguntó Omri desesperadamente.

La matrona sacó una jeringuilla hipodérmica de la bolsa y la sostuvo entre los dedos como si fuera una rata muerta.

—¡Miren! ¡Sólo miren esto! Les pregunto…

—Matrona —dijo Omri muy seriamente—. Al parecer usted no comprende nada. *Eso es lo único que tenemos.* Es lo mejor de lo que disponemos. Si usted no puede hacerlo, él morirá. Es nuestro amigo. ¡Por favor! Lo único que le pedimos es que lo intente.

La matrona miró a Omri con expresión resignada. Después cogió la bolsa de Tommy y la vació enérgicamente sobre la mesa acolchada. Salieron toda clase de objetos microscópicos. Los chicos sólo veían los rollos de vendas, botellas oscuras e instrumentos empaquetados en cajas planas. Ella los examinó minuciosamente, se incorporó y dijo:

—Esto debe de ser una especie de pesadilla. Pero, hasta en las pesadillas, tengo que hacer todo lo que pueda.

Omri y Patrick se abrazaron.

—¿Quiere decir que lo hará?

—Si me traen una mesa de operaciones, una luz potente, desinfectante y una taza de té bien fuerte.

Omri podía proporcionarle todo lo que pedía. Era ya la una de la madrugada y todos dormían. Bajó las escaleras de puntillas y buscó un desinfectante adecuado, algodón, unos pañuelos de papel limpios y una tetera eléctrica llena de agua caliente. Quitó la tapa a un tubo de pasta de dientes y la lavó. Serviría de taza. Hizo un poco de té con una bolsita y añadió un poco de leche y azúcar. Esperaba que lo tomase con azúcar. Lo puso todo en una bandeja y subió las escaleras sin hacer ruido.

Cuando regresó a la habitación, Patrick ya había colocado la caja como si fuera una mesa de operaciones. La lámpara de la mesilla de Omri, que tenía el brazo flexible y una bombilla de 100 vatios (a su madre le preocupaba mucho que leyese con poca luz) estaba encima del baúl. La luz caía directamente sobre la caja sin hacer sombras. Había kleenex extendidos por todas partes. Todo parecía muy higiénico. Toro Pequeño estaba tumbado en la mesa y la matrona, armada con unas tijeras, estaba cortando un pañuelo para hacerse una bata de quirófano y una sábana para Toro Pequeño.

—Voy a necesitar un ayudante —dijo enérgicamente—. ¿La chica india podrá?

—No habla mucho inglés.

—Bueno, ya veremos. Parece muy lista...

Y llamó a Estrellas Gemelas que, al momento, se situó junto a ella.

—... ¡Jau! —saludó la matrona en voz alta ante la sorpresa de Estrellas Gemelas—. Cuando yo señalar tú dar —continuó.

Estrellas Gemelas asintió enérgicamente.

—Tú decir. Yo hacer.

Omri puso una gota de desinfectante y un poco de agua hirviendo en la tapa de metal que Patrick había quitado a la botella del líquido para hacer gárgaras. El agua se volvió blanca. La matrona metió el instrumental dentro y, al rato, vertió el líquido en otra tapa. Mientras tanto, Omri puso unas gotas de té en el tapón del tubo de pasta de dientes.

—¡Ah! Gracias, cariño —dijo al verlo.

Ahora parecía contenta. Cogió el tapón con las dos manos. Para ella era casi como un cubo, pero se lo bebió de un trago y se relamió.

—¡Esto está mejor! Para mí el té es como las espinacas para Popeye. Y ahora, ¡vamos allá!

Los chicos vieron muy poco de la operación en sí. La luz caía sobre la mesa cubierta de blanco. La matrona estaba de espaldas a ellos, trabajando en silencio. De vez en cuando señalaba algo en la bandeja. Estrellas Gemelas lo cogía y se lo daba. Sólo dudó una vez o dos y, entonces, la matrona chasqueaba los dedos con impaciencia. Durante un rato largo no se oyó nada más que el sonido de las patas del poni y el tintineo del metal.

Luego la matrona dijo:

—Creo que hemos tenido suerte.

Los chicos, que tenían miedo de acercarse demasiado, se asomaron, a pesar de que la matrona les había obligado a atarse pañuelos alrededor de la boca.

—Una... e... bola entró por un sitio y salió por el otro. El pulmón se salvó por un pelo. ¡Gracias a Dios! Se lo he vendado lo mejor que he podido. Ahora estoy jugando al escondite con la otra. Creo que está en el omóplato. No demasiado dentro. Creo... creo que... la tengo. ¡Sí!

Hizo un movimiento brusco y sostuvo en alto unas pinzas. Fuera lo que fuera lo que sostenían, era demasiado pequeño para verlo, pero las puntas estaban rojas y Omri se estremeció. La matrona dejó caer el trozo de metal en la bandeja. Se echó a reír de repente.

—¡A saber lo que diría el equipo quirúrgico de Santo Tomás si me viera ahora! —se rió.

—¿Se pondrá bien? —preguntó Omri sin respirar.

—Creo que sí. ¡Claro que sí! Vuestro amigo indio es un tío con suerte.

—La suerte es nuestra por haberla encontrado, matrona —dijo Omri sinceramente.

La matrona estaba desenvolviendo unas vendas.

—¡Vendas de la Primera Guerra Mundial! —murmuraba—. Es increíble que hayan durado tanto. Como si las hubieran hecho la semana pasada.

Indicó a Estrellas Gemelas que la ayudara a vendar la espalda de Toro Pequeño. Le vendaron y luego se empapó el sudor de la frente en un algodón.

—Ya podéis apagar la luz —dijo—. ¡Pufff…! ¡Qué calor!

El sombrero se le había derretido como una torre de helado, pero no parecía importarle.

—¿Queda té? ¡Menuda experiencia! No me la habría perdido por nada del mundo. Siempre supe que yo podía operar igual que uno de esos peces gordos… ¡Santo cielo! ¿Qué estoy diciendo?

Y volvió a reírse de su desprecio por la ética profesional.

Después de meterse al cuerpo otro cubo de té y asegurarse de que Estrellas Gemelas también tomaba un poco, tomó el pulso a Toro Pequeño, le dio unas instrucciones simples a Estrellas Gemelas y dijo:

—Señores, creo que no les importará que regrese a Santo Tomás. Sabe Dios cómo se estarán apañando sin mí. Ha sucedido algo increíble: me he quedado dormida en el trabajo… Será algo imborrable.

Después, estrechó la mano de Estrellas Gemelas y le dio una palmadita, pero no en el hombro, sino en la tripa.

—¡Cuida a tu marido! —dijo—. ¡Y cuídate tú también! —Estrellas Gemelas se ruborizó—. Vas a darle una bonita sorpresa si no vuelve pronto en sí.

Dijo adiós a los chicos con la mano, se ajustó el gorro y remangándose la falda por encima de las medias negras, trepó al armario.

Cuando se fue, Omri se quedó mirando a Estrellas Gemelas, que estaba sentada al lado de Toro Pequeño.

Él seguía tumbado sobre la mesa, bien arropado y roncando.

—¿Qué ha querido decir con eso de una sorpresa? —preguntó Omri a Patrick, que bostezaba profundamente.

—¡Venga, hombre! ¿No te has dado cuenta?

—¿De qué?

—De la barriga. Va a tener un niño.

—¿Un niño? ¡Es fantástico!

—¿Eres idiota? ¡Justo lo que nos faltaba!

—Las mujeres indias se las apañan solas —dijo Omri, que había leído algo sobre eso—. No hacen aspavientos. No son como nuestras madres.

—Creo que cualquier madre haría aspavientos si fuera a tenerte a ti —dijo Patrick—. Bueno, ¿dónde me acuesto?

Omri también empezaba a sentirse agotado, pero le parecía desconsiderado irse a dormir.

—¿Crees que deberíamos?

—Ella aseguró que estaría bien. Le dijo a Estrellas Gemelas lo que había que hacer. Además, no podemos hacer nada. Oye, ¿puedo poner esos cojines en el suelo? Estoy muerto.

En apenas tres minutos, se quedó dormido como un tronco.

A Omri le costó un poco más. Se acurrucó junto al baúl y se quedó mirando a Estrellas Gemelas y a Toro Pequeño. Ella también debía de estar cansada, sobre todo si se tenía en cuenta que...

—¿Necesitas algo, Estrellas Gemelas? ¿Quieres comer algo?

Ella levantó los ojos hacia él y asintió débilmente.

—¡Ahora te lo traigo! —susurró.

Volvió otra vez abajo. Esta vez no encendió las luces. El reflejo de la luz de la cocina podía verse desde el cuarto de sus padres. No quería tener que dar explicaciones a nadie sobre lo que estaba haciendo a esas horas de la madrugada. La luz de la farola de la calle le bastaba para ver un bizcocho, pan y mantequilla.

¿Qué había sido eso? Algo había pasado por delante de la ventana. Lo vio por el rabillo del ojo. Se quedó helado. Hubiera jurado que era una cabeza humana. Cuando consiguió reaccionar, se acercó a la ventana y miró hacia fuera.

Lo único que vio fue a Kitsa sentada en el alféizar. Eso lo habría aclarado todo, pero tenía la cabeza levantada con las orejas en alto, no en dirección a Omri, sino hacia el otro lado.

Omri subió las escaleras con la comida; se sentía incómodo. Le parecía, al pensar en ello, que la cabeza que había visto bajo la luz de la farola brillaba como si no tuviera pelo.

9. UN AMULETO DE LA SUERTE

Toro Pequeño se recuperó de forma casi milagrosa. La operación había sido un éxito total. Al día siguiente estaba sentado ordenando que le llevasen comida y otras cosas, sin mostrarse especialmente agradecido por ellas, y, por lo general, exactamente como Omri le recordaba.

Le resultaba imposible disimular el placer que le producía ver a Omri otra vez. Intentaba ocultar sus sentimientos bajo una máscara de dignidad, pero tras su expresión gélida, sus negros ojos brillaban y la sonrisa se le escapaba entre los labios rígidos.

—Omri crecer mucho —señaló entre sorbos de un tazón de sopa instantánea (en la casa empezaba a haber escasez de tapones de pasta de dientes, y la madre de Omri lo había notado)—. Pero ser niño aún. No jefe. No como Toro Pequeño.

—¿Ya eres un jefe de verdad? —preguntó Omri.

Sentado en el suelo, junto al baúl, miraba extasiado a su pequeño indio, que había vuelto a él y a la vida.

Toro Pequeño asintió:

—Padre morir. Toro Pequeño ser jefe de tribu.

Omri miró a Estrellas Gemelas. ¿Qué le había contado de la tragedia que había ocurrido en su pueblo? Él no recordaba nada. Ella pareció adivinar sus pensamientos y señaló la espalda de Toro Pequeño. Omri asintió. Era mejor no decir nada hasta que Toro Pequeño estuviera más fuerte. Aún no había preguntado nada.

Patrick se quedó a desayunar y después llamó por teléfono a su madre. Regresó al cuarto de Omri enfadado.

—Dice que tengo que volver. Nos vamos hoy. Le pregunté si podía quedarme e ir más tarde, pero me ha dicho que tengo que irme dentro de una hora.

Omri no dijo nada. No podía comprender cómo Patrick era capaz de irse. Para empeorar las cosas, los padres de Omri le habían preguntado si el chico podía quedarse otra noche. Iban a una fiesta y regresarían tarde a casa. Adiel y Gillon también iban a salir. Tenían una niñera, pero era una vieja pesada y Patrick podía haber hecho compañía a Omri. Omri pensaba que la madre de Patrick era muy poco comprensiva y se lo dijo. Patrick estaba de acuerdo.

Mientras tanto, la hora que les quedaba iba transcurriendo. La pasaron hablando de las cosas que podían hacer por los indios. Lo primero que pidió Toro Pequeño fue su cabaña, la que había construido cuando estuvo con Omri el año anterior. Afortunadamente, todavía la tenía, o al menos, lo que quedaba de ella. Estaba montada sobre un semillero, pero la tierra se había secado con el tiempo y alguno de los postes centrales se había caído; también varias tejas de corteza, que con tanto cuidado había hecho Toro Pequeño para cubrir los agujeros, se habían arrugado y salido de su sitio.

Cuando Toro Pequeño vio su obra maestra abandonada, tuvieron que sujetarle para que no saltara de la cama inmediatamente para arreglarla.

—¿Cómo Omri dejar caer? ¿Por qué Omri no arreglar? —gritaba muy enfadado.

Omri no estaba dispuesto a discutir.

—Yo no puedo hacerlo como tú —dijo—. Mis dedos son demasiado grandes.

—¡Demasiado grandes! —comprendió tristemente Toro Pequeño.

Se quedó mirando la tienda desde su cama. Omri había pasado las primeras horas del día, antes de que nadie se levantara, haciéndole una cama mejor con dos cajas de cerillas para que tuviera un cabecero donde apoyarse. Su cerebro trabajaba muy deprisa, pensando en mil maneras posibles de lograr que Toro Pequeño y Estrellas Gemelas estuvieran más cómodos. Todavía tenía el viejo Tipi... En cuanto el indio se sintiera un poco mejor, preferiría utilizarlo, para tener intimidad. Omri había colocado una rampa que llevaba al semillero y Estrellas Gemelas había empezado a subir y bajar llevando cosas al tipi, como un pájaro haciendo un nido. Un pajarillo gordo... Omri se preguntaba, al verla ir y venir, cuánto tardaría en tener el bebé.

Estaba ocupado en proporcionarles el suministro de agua. Era una especie de estanque. El recipiente era la tapa de un tarro de café hundido en la tierra del semillero cerca del tipi. Ahora estaba fabricando un cubo con uno de los tapones de pasta de dientes; con una aguja, que ponía al rojo vivo acercándola a la llama de una vela, hacía dos agujeros a los lados, para después insertar el asa, que era una horquilla de pelo de su ma-

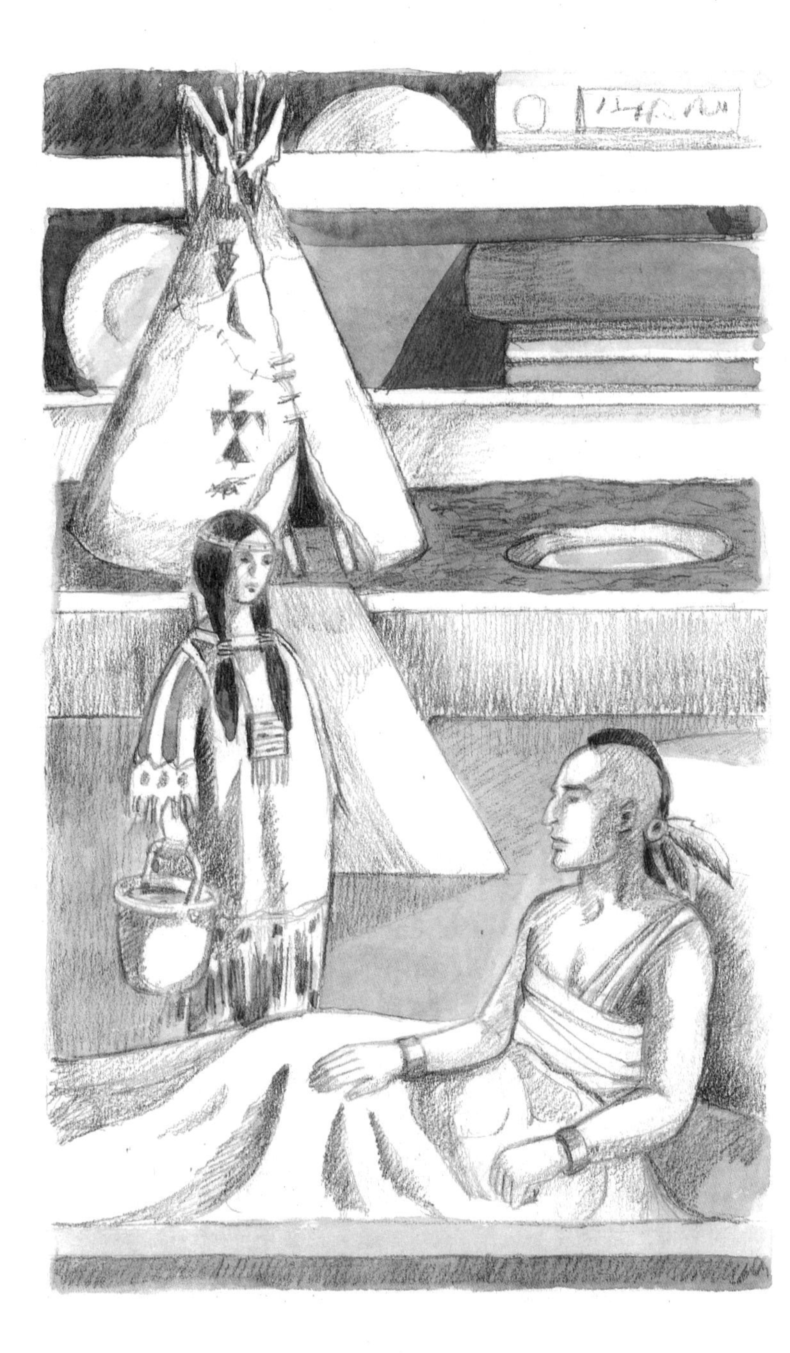

dre. Así sería más fácil de llevar. Claro que eso era sólo el principio de la cantidad de cosas que iban a necesitar si se quedaban mucho tiempo.

Estrellas Gemelas desapareció dentro del tipi y Toro Pequeño, que también había estado mirándola, llamó a Omri:

—¡Pronto yo padre! —dijo con orgullo golpeándose el pecho.

Hizo una mueca de dolor.

—Sí —dijo Omri—. Será mejor que descanses y te pongas bien.

—¡Yo bien! —dijo incorporándose en la cama, y, de repente, señaló—: ¿Dónde estar otro hermano?

—¿Quién? ¿Mis hermanos?

—¡No! ¡Hermano de Toro Pequeño! Hermano de sangre, como Omri.

Omri y Patrick comprendieron inmediatamente.

Patrick también había estado ocupado. Había salido por la mañana y había arrancado un cepellón de hierba del jardín, un trozo de hierba con raíces de unos veinte centímetros cuadrados. Una pradera para que el poni pastase. Iban a poner una valla alrededor; Patrick la estaba construyendo con ramitas, hilo y pegamento.

Levantó la vista y les miró con una expresión inescrutable.

—Cuando tu madre tiró tus figuras de plástico… —empezó Omri despacio.

—¿Sí?

—¿Se deshizo de… todas?

—Creo que sí.

—Eres la monda —murmuró Omri entre dientes.

—¿Yo? ¿Por qué?

—Supongo que lo metiste con los otros y los dejaste para que tu madre los tirara al cubo de la basura.

—¿De qué estás hablando?

—¡De sobra lo sabes! ¡Boone!

Patrick bajó la mirada. Omri no podía imaginar lo que sentía. Parecía sonreír, pero Omri estaba tan enfadado con él que eso aún le enfurecía más.

Aunque hablaron en voz baja, el agudo oído de Toro Pequeño captó lo esencial.

—¿Quién tirar Boone? ¡Yo querer! Querer ver hermano de sangre. ¡Quien tirar, yo matar! —dijo a gritos.

Estrellas Gemelas salió del tipi al oír el primer grito y corrió a su lado. Le obligó a tumbarse y le sujetó a la cama con todas su fuerzas hasta que se calmó un poco y prometió portarse bien. Luego corrió al extremo del baúl con un brillo en los ojos que no auguraba nada bueno.

—¿Dónde hermano de Toro Pequeño? —preguntó—. ¡Toro Pequeño querer! ¡No bueno enfadar! Omri traer Boone. Ahora.

Omri estaba casi tan furioso como los indios. Se volvió hacia Patrick.

—¡Debes de estar loco por consentir que tu madre lo tirara! ¡Sólo porque, por alguna estúpida razón, que-rías simular que jamás había sucedido nada de esto! ¡Voy a arrancarte la cabeza, pedazo de idiota!

Y avanzó hacia Patrick.

Patrick no se echó atrás. Se quedó con la mano en el bolsillo.

—Está aquí —dijo.

Omri se detuvo en seco, sacudido como si hubiera tropezado con un escalón inexistente.

—¿Qué?

—Está aquí. En mi bolsillo.

Sacó la mano lentamente y la abrió. En la palma estaba el vaquero llorón montado en su caballo blanco. Boone, tan grande como la vida. O, mejor dicho, tan pequeño.

Omri lanzó un grito de alegría.

—¡Le tienes! ¡Le has tenido siempre! —su sonrisa desapareció—. ¿Te has vuelto loco? ¿Por qué no lo dijiste antes?

—No es que me sienta muy orgulloso de seguir llevándolo conmigo a todas partes —dijo Patrick.

—¿Así que nunca dejaste de creer?

—No lo sé. Quería dejar de creer. Intenté contárselo a mi hermano una vez y estuvo riéndose de mí toda una semana, diciéndome que era idiota perdido y contándole a todo el mundo que yo creía en las hadas. Aquello me hizo daño. Por supuesto, no podía probar nada, ni siquiera a mí mismo. Por eso decidí que nunca había sucedido. Pero... llevaba a Boone a todas partes en el bolsillo como... una especie de amuleto de la suerte.

Omri había cogido con cuidado la figura de Boone y la examinaba. Las patas del caballo estaban un poco torcidas y su adorado sombrero hecho una pena. Pero ahí estaba, inconfundible hasta siendo de plástico, Boone. Estaba como la última vez que le habían visto, sentado en su caballo con su enorme sombrero y llevándose a la nariz una bandana, sonándose con un trompetazo para decir adiós.

"No puedo soportar las despedidas. Me niego a decir adiós. Si lo hago me pondré a llorar..."

—¡Vamos, Boone! —susurró Omri.

Le puso dentro del armario y giró la llave.

Patrick y él se inclinaron ansiosos hacia el armario y se dieron un golpe en las cabeza. Ninguno de los dos mencionó el terror que compartían. Boone también había vivido en tiempos peligrosos. Omri sabía ahora que el tiempo pasaba en los dos mundos de la misma manera, por decirlo así. Había pasado un año para él y, en otro lugar y en otro tiempo, también había pasado un año para aquellos hombrecitos. En un año podían ocurrir muchísimas cosas (y muchísimas horribles).

Casi al momento, sus temores se esfumaron. Hubo un segundo de silencio y después, al otro lado de la puerta del armario, Boone empezó a dar golpes y patadas y oyeron un torrente de palabrotas a través del metal.

—¡No lo aguantaré! ¡No, señor! ¡No es justo, no está bien! ¡No he estado bebiendo, no me he peleado con nadie y no he hecho trampas al póker en una semana! ¡Ninguna ley puede meter en la cárcel a un hombre que es tan inocente como un recién nacido, ni encerrarle en una celda tan oscura que no pueda ver ni su propio bigote!

Los chicos estaban demasiado fascinados al principio como para moverse o abrir la puerta. Se quedaron ahí parados, sonriéndose idiotizados.

—¡Es Boone! ¡Es él! —respiró Patrick.

Pero Boone, ignorante de todo y sin obtener respuesta a sus gritos y golpes, decidió que nadie le oía y empezó a decir con voz temblorosa:

—Se han largado y me han dejado aquí —murmuró—. Se las han pirado dejando al viejo Boone solo en la oscuridad...

Hubo una pausa, seguida de un enorme ruido de sonarse que hizo temblar el armario.

—No tiene gracia —siguió, pero ahora sollozando abiertamente—. ¿No saben que un hombre puede ser tan valiente como un león y, sin embargo, tener miedo a la oscuridad? ¿No se les habrá ocurrido nada mejor que dejar que me pudra en este asqueroso agujero infernal?

Su voz era como un chirrido de quejas y sollozos.

Omri no pudo aguantar ni un segundo más. Abrió la puerta. Se hizo la luz, Boone miró hacia arriba y la bandana roja se le cayó al suelo. Se puso de pie de un salto, mirando con la boca abierta y con el maltrecho sombrero ladeado sobre su roja cabeza. El caballo se echó hacia atrás y bufó.

—¡Que me lleven los demonios si no sois todos vosotros! —dijo al fin.

10. LA IDEA GENIAL DE BOONE

Sí! ¡Somos todos nosotros! ¡Quiero decir, somos nosotros! —dijo Patrick, muy excitado.

Y se puso a dar saltos con las piernas juntas, incapaz de contenerse.

Omri también se sentía en el séptimo cielo.

—¡Qué alegría verte, Boone! —gritó deseando estrechar su mano y darle unas palmadas en la espalda.

Boone, que seguramente acababa de caerse del caballo, se puso de pie y se sacudió el polvo de la ropa. El caballo se acercó a él por detrás y le empujó ligeramente por la espalda como para decirle: "Yo también estoy aquí". Omri apenas podía acariciarle la nariz con la punta del dedo meñique. El caballo subió y bajó la cabeza e intercambió relinchos con el poni de Toro Pequeño, que estaba en el semillero.

—¡Es fantástico veros de nuevo, chicos! —dijo Boone calurosamente mientras salía del armario—. Me he aburrido un poco sin mis alucinaciones... ¡Bueno! ¡Que me aspen si no es la chica india!

Estrellas Gemelas había dado unos pasos hacia él tímidamente. Se quitó el sombrero.

—¡Hola, señora india! ¡Eh! ¿Dónde está el otro? ¿Aquel piel roja que me hizo su hermano de sangre después de que casi me mata? —dijo mirando a su alrededor sobre el baúl, pero la caja de cerillas–cama de Toro Pequeño estaba detrás de él—. ¡Que el demonio me lleve si no eché de menos a ese maldito canalla cuando me desperté la última vez… o "volví", o como demonios lo llaméis! —exclamó mientras se sacudía la parte delantera de la camisa recordando el pasado—. ¡Mis amigos pensaron que me había vuelto loco cuando les conté cómo me había hecho la herida de flecha!

—¿Estás bien, Boone?

—¿Yo? ¡Estupendamente! A Boo–hoo Boone no se le quita de en medio tan fácilmente, aunque parezca un poco blando. Pero, ¿dónde está Toro Pequeño? ¡Dejadme estrechar la mano que me disparó para demostrarle que no le guardo rencor!

Estrellas Gemelas no lo comprendió todo, pero oyó el nombre de Toro Pequeño. Cogió a Boone del brazo y le llevó a la cama. Cuando Boone vio la figura postrada del indio se quedó de piedra.

—¡Humo santo! ¿Qué le ha pasado?

—A él también le dispararon. Los franceses —añadió Omri en voz baja y haciendo señas a Boone de que no hiciera preguntas.

Pero Boone no tenía mucho tacto.

—¡Josafat! No puede fiarse uno de los franceses. Hay uno que lleva nuestro *saloon*. ¡Un día de éstos alguien le va a llevar a él…, pero fuera de la ciudad! Pone agua en el whisky, ya sabes… —dijo confidencialmente a Estrellas Gemelas.

Al oír la palabra "whisky", Toro Pequeño abrió los ojos (se había quedado dormido) e intentó sentarse. Cuando vio a Boone inclinado sobre él, lanzó un grito de reconocimiento y volvió a caer hacia atrás con una mano en el pecho vendado.

—¡Pobre viejo salvaje! —dijo Boone sacudiendo la cabeza, y sorbiendo por la nariz—. Seguro que lo merecía. No hacen nada bien, pero no soporto ver a un hombre sufrir —se enjugó una lágrima.

—Ahora está mucho mejor —dijo Patrick—. No hay por qué llorar.

Boone se sonó ruidosamente y se dejó caer en la cama.

—¡Cuéntamelo todo! —dijo.

—Ahora no —dijo Omri apresuradamente.

—¿Por qué cuernos no? ¡Alguna vez tendré que enterarme! Venga, indio, ¿o es que te avergüenzas de lo que hiciste a los franchutes para hacer que te dispararan?

Toro Pequeño se quedó mirando a Boone. De repente había una tensión en el ambiente mientras todos esperaban, incluida Estrellas Gemelas, que recordara. Que preguntara.

Se incorporó sobre los codos lentamente. Sus ojos habían empequeñecido, tenía el rostro tenso y el ceño fruncido. De repente abrió los ojos y lanzó un grito salvaje.

—¡Aaaiii...!

Estrellas Gemelas se tapó la cara, se dio la vuelta y corrió por la rampa hacia el tipi.

—¿Qué le pasa? —preguntó Boone, mirándola atónito.

Pero otro grito angustiado les dejó paralizados.

—¡Toro Pequeño recordar! ¡Soldados venir! ¡Quemar pueblo! ¡Quemar grano! Muchos, muchos...

Abría y cerraba las manos rápidamente, estirando los diez dedos una y otra vez.

—Guerreros iroqueses luchar, pero no ser suficientes. No tener armas, caballos... Enemigo romper, quemar, robar. Matar... Matar...

Se le quebró la voz. Dejó de hablar.

Cualquier otro hombre se hubiera venido abajo y se hubiera echado a llorar. Pero Toro Pequeño se quedó con la mirada fija, la expresión salvaje y el rostro inmóvil. Tenía los labios apretados y una línea como el corte de un cuchillo se dibujaba en su cara. Le temblaban las manos y sus dedos parecían garfios.

—¡Vaya, hombre! —balbuceó Boone—. Es terrible.

Hubo un largo silencio. Nadie se movió. Toro Pequeño estaba tumbado boca arriba con los ojos abiertos. Parecía no estar despierto del todo, ni dormido. Omri movió un dedo hacia un lado y hacia otro frente a sus ojos. No hubo respuesta. Omri, Patrick y Boone se miraron preocupados.

—¿Qué hacemos?

—Nada —dijo Boone—. La pobre criatura está conmocionada. A mí me pasó lo mismo una vez que me di un golpe en la cabeza contra unas piedras... No podía recordar nada. Empecé a hablar y a beber como si nada hubiera ocurrido, pero, de repente, lo recordé todo: un *linchamiento*. Una panda de coyotes ahorcó a un tipo por algo que no había hecho. La cosa más horrorosa que había visto en mi vida. Ahí me quedé viéndolo todo otra vez. Me llevó mucho tiempo reponerme. Y aquello no fue tan malo como lo que ha visto esta pobre criatura...

Por las curtidas mejillas del vaquero rodaron lágrimas de amistad.

—Malditos franchutes... Atacarles así, habiendo mujeres y todo. Iría a ayudar al pobre chico si no hubiera sucedido hace tanto tiempo...

Se había producido un gran cambio en los sentimientos de Boone que, cuando le conoció, estaba en contra de los indios. Omri dijo:

—Si les hacemos regresar ahora, todo será igual. Si quieres ayudar, tal vez pueda mandarte a su tiempo. Si Toro Pequeño te agarra bien, regresaréis todos juntos.

Boone, que tenía la cara enterrada en su bandana, se quedó inmóvil un momento. Sus ojos se asomaron por encima de la tela de lunares roja.

—¿Yo? —dijo con voz temblorosa.

—Bueno..., dijiste que querías ayudar. Después de todo tienes un arma. Y no te gustan los franceses. A lo mejor te gustaría cargarte a unos cuantos...

—¡Antes de que me mataran ellos a mí! —terminó la frase Boone—. Es una idea estupenda, muchas gracias. Las cosas son ya bastante duras y peligrosas donde yo vivo, quiero decir en la época en que vivo, para tener que ir cien años atrás, cuando las cosas eran diez veces peores. Además, ¿qué te impide a ti ir a echar una mano a los pieles rojas si tanto te gustan?

Patrick y Omri se miraron atónitos.

—¡Nosotros no podemos ir atrás! —exclamó Patrick—. ¿Cómo íbamos a hacerlo? ¡No cabemos en el armario!

Boone les miró, miró el armarito de baño de menos de treinta centímetros de alto y volvió a mirar a los chicos.

—¡Es verdad! —dijo de mala gana—. Reconozco que eso es indiscutible. Pero estoy pensando que hay una forma de que podáis ayudarles, si queréis.

—¿Cuál? —preguntaron a la vez.

—¿Qué es eso de ahí abajo? Está muy lejos y no lo veo bien, pero me parece que es un montón de gente metida en una caja.

Los chicos miraron hacia donde señalaba. En el suelo estaba la caja de galletas de lata con la colección de figuritas de plástico de Omri. Había subido al desván aquella mañana a buscarla. La levantó y la colocó encima del baúl, que ya empezaba a tener la tapa abarrotada de cosas.

—Levantadme y dejadme mirar —ordenó el hombrecito.

Entonces Patrick acercó la mano. Boone se subió a ella como si montara en un caballo sin silla. Patrick le llevó volando hacia la caja. Él se tumbó para mirar por el lateral de la mano de Patrick agarrándose el sombrero.

—¡Mirad eso! ¿Qué creéis que hay ahí abajo si no hombres con toda clase de armas de fuego? Si podéis meterles en el armario y traerlos a la vida y mandarlos con los indios, saldrán al otro lado y mandarán a los franchutes de vuelta a Francia a la velocidad del rayo.

Omri y Patrick se miraron.

—¿Crees que funcionará? —preguntó Patrick con los ojos brillantes.

Omri se daba cuenta de que no era solamente la posibilidad de ayudar a los indios lo que le excitaba.

Desde el primer momento, Patrick había querido hacer experimentos con el armario. Omri no había podido impedir que metiera docenas de soldados en el armario, trajera a la vida ejércitos enteros y les hiciera luchar... Parecía ser la excusa perfecta que había estado buscando.

La idea también atraía a Omri, aunque era más prudente.

—Tenemos que pensarlo —dijo.

Patrick casi dio un puñetazo al baúl con Boone dentro.

—¡Siempre estás *pensando*! —dijo enfadado—. ¿Por qué no lo intentamos?

Omri fruncía el ceño tratando de imaginárselo.

—Escucha —cogió a un caballero con cota de malla, un casco muy grande y un escudo con una cruz roja sobre fondo blanco—. Si ponemos a éste, por ejemplo, vendrá a nosotros desde los tiempos de Ricardo I. No sabrá nada de los indios. Querrá ir a Palestina a matar sarracenos —dejó al caballero y cogió un soldado con visera plana y pantalones cortos de color caqui—. Éste es de la Legión Extranjera Francesa. Ni siquiera podríamos hablar con él, menos aún con uno de una tribu árabe o con un cosaco ruso. Eran grandes soldados, pero no querrán formar parte de un ejército contra los franceses en América y defendiendo a los indios. No son *juguetes*. Cada uno es una persona, si les hacemos vivir. Tendremos que explicárselo todo. La mitad no lo creerá y los demás creerán que se han vuelto locos...

Patrick le interrumpió con impaciencia.

—¿De qué estás hablando? ¿Quién piensa en soldados con espadas y hachas y pistolas pasadas de moda? ¿Qué hay de *ésos*?

Metió la mano en la lata y sacó un puñado de soldados Británicos. Unos tenían rifles automáticos, otros ametralladoras. Había un obús, un arma antitanques de 37 mm, tres lanzadoras de proyectiles y muchas granadas. Omri se quedó mirando la potencia militar que sobresalía de los dedos de Patrick. ¡Ahí tenían todo un ejército!

Patrick empezó a acercarse al armario, dispuesto a meter en su interior el puñado de soldados.

—¡No! —dijo Omri igual que la vez anterior—. ¡Espera!

—¡Voy a hacerlo! —dijo Patrick.

Justo en ese momento, oyeron pasos que subían por la escalera.

Al mismo tiempo, se dieron la vuelta y se sentaron en el borde del baúl mirando hacia la puerta y formando una pantalla humana.

La madre de Omri asomó la cabeza.

—Patrick, acaba de llamar tu madre. Tu prima Tamsin se ha caído de la bicicleta y tu madre va a quedarse para ayudar a tu tía, así que no tienes que volver hoy a casa.

A Patrick se le iluminó la cara.

—¡Qué bien! Entonces puedo quedarme a dormir aquí esta noche.

—Siento mucho lo de tu pobre prima —dijo la madre de Omri.

—Yo no —dijo Patrick rápidamente—. ¡Ojalá se haya roto una pierna!

—¡Patrick! ¡No debes decir eso! —le reprendió la madre de Omri—. ¡No es amable!

—Ella tampoco —dijo Patrick, muy convencido.

La madre de Omri se quedó mirándoles con curiosidad.

—¡Qué raros estáis ahí sentados como Tweedledum y Tweedledee! —dijo—. ¿Ocultáis algo?

—Sí —dijo Omri.

Siempre era mejor decir la verdad a sus padres si era posible. Afortunadamente, ellos no esperaban estar al tanto de todo lo que hacía.

—¡Ah, bueno! —dijo—. Espero que no sea algo terrible. Dentro de un rato comeremos. Os llamaré.

Y se fue.

Patrick se desplomó aliviado.

—Tu madre no es normal —murmuró—. La mía no hubiera parado hasta haberlo visto.

Se sacó la mano de detrás de la espalda, la abrió y miró los soldados. El impulso incontrolable de meterlos en el armario se había calmado, pero todavía tenía muchísimas ganas de hacerlo. Omri se lo notó.

11. ¡OBJETIVO: OMRI!

Estrellas Gemelas les llamaba.
Había vuelto al lado de Toro Pequeño y estaba ayudándole a sentarse.

—No creo que deba sentarse —dijo Omri, preocupado, añadiendo después—. No sentar.

Estrellas Gemelas parecía muy preocupada, pero Toro Pequeño no le hizo caso y apretó los dientes.

—Toro Pequeño sentar. Levantar. ¡Regresar y luchar...!

—No. No puedes. No estás lo bastante fuerte.

—¡Yo bastante fuerte! Yo jefe. ¡Jefe no sentar en lugar lejano cuando tribu tener problemas! Omri poner en caja. ¡Omri hacer regresar! Jefe Toro Pequeño decir.

Omri se mostró inflexible.

—No vas a ir a ninguna parte hasta que estés bien.

Miró al indio a la cara. Comprendía muy bien cómo se sentía: como un desertor. Aunque estuviera herido y estar ahí no fuera culpa suya.

Una vez Omri estuvo fuera de casa una semana, de viaje con el colegio, y cuando volvió, se enteró de que su madre se había hecho un corte muy grande con una botella rota estando sola en casa. Con la mano chorreando sangre, consiguió llegar al teléfono. Vino una ambulancia y pronto estuvo a salvo en el hospital. No había sido culpa de Omri ni de nadie, pero él se sentía terriblemente culpable por haber estado lejos.

No era difícil imaginar la imperiosa necesidad de Toro Pequeño de regresar para estar al lado de su gente. Después de todo era el jefe y responsable de ellos. ¿Quién sabe lo que estaba ocurriendo en el campamento indio en esos momentos? Estrellas Gemelas también pensaba lo mismo. Por un lado quería que Toro Pequeño se quedase en la cama y, por otro, quería que regresara para cumplir con su deber.

—Vamos a contarle la idea de Boone —sugirió Patrick—. Así se olvidará de volver inmediatamente.

—¡Sí! ¡Mi idea! —intervino Boone—. Oye, ¿por qué no comemos algo y nos tomamos un trago? Así hablamos de mi idea. No hay nada como el whisky para que el cerebro se ponga a trabajar, ¿no es cierto, chicos?

Omri bajó las escaleras con mucho sigilo, sacó un vasito de whisky del armario de las bebidas de sus padres y cogió un poco de comida de la mesa que había puesto su madre. No era muy detallista poniendo la mesa y todo lo que había de momento era el pan integral de paquete, mantequilla y unas aceitunas un poco tristonas, pero era mejor que nada. Cogió un poco de cada cosa y corrió escaleras arriba.

Mejor hubiera sido que no saliera de la habitación.

En cuanto abrió la puerta, fue recibido por un ruido que sonaba como un castañeteo de dientes. Oyó una ligera detonación y algo tintineó contra el vaso de whisky que llevaba.

Miró hacia el armario. Allí, en la balda central, había cinco soldados en miniatura, disparando a todas partes. Había más encima del baúl. Estaban montando una pieza de artillería. Era pequeña, pero de aspecto letal.

Omri no tuvo tiempo de pensar. Dejó caer lo que llevaba, levantó la mano para protegerse la cara y se lanzó hacia delante a través de una lluvia de balas diminutas que le pinchaban la palma de la mano como picaduras de avispa.

Patrick estaba de pie horrorizado. Al parecer, estaba demasiado aturdido para actuar. Omri se lanzó sobre los hombrecitos de uniforme caqui, los recogió rápidamente con armas y todo, los lanzó dentro del armario y cerró la puerta. Oyó más disparos y el sonido amortiguado de una granada de mano contra la parte interior de la puerta antes de que pudiera recuperarse y girar la llave.

La habitación quedó en silencio.

Lo primero que hizo Omri fue mirar por encima de su hombro para comprobar que Toro Pequeño, Estrellas Gemelas y Boone estaban bien. Había una línea de agujeros de bala en el cabecero de la cama–caja de cerillas, pero, gracias a Dios, Estrellas Gemelas debía de haber convencido a Toro Pequeño de que se tumbara justo antes de que empezara el tiroteo, y estaba bien.

Estrellas Gemelas sujetaba a los dos caballos que estaban en la pradera de Patrick. Se encabritaban y relinchaban aterrorizados mientras ella les sujetaba por las riendas.

Boone, a simple vista, había desaparecido. Pero Omri vio un par de diminutas botas de vaquero con espuelas asomando por debajo de la rampa. Debió de meterse ahí buscando refugio cuando empezó el ataque: no había sido un gesto muy heroico, pero sí lo más sensato que había podido hacer en ese momento.

Luego, Omri se miró la mano. Media docena de gotitas de sangre salían del mismo número de agujeritos en su piel. Al recordar aquella vez que Patrick recibió un balazo del arma de Boone, Omri empezó a sacarse las balas que tenía justo debajo de la piel, con las uñas del dedo índice y del pulgar. No dijo ni una palabra a Patrick. ¿Para qué? Hay gente que no aprende nunca.

Patrick sí tenía algo que decir y en un tono que conmovía.

—Podían haber muerto todos por mi culpa.

Omri se mordió los labios. Ahora se veían las balas, manchitas negras diminutas. Le dolió un poco al sacarlas.

—Sólo quería ver qué pasaba —siguió Patrick, suplicante.

—Ahora ya lo has visto. Muchas gracias.

—Lo siento.

—Siempre que haces una imbecilidad acabas sintiéndolo muchísimo.

Patrick no discutió. Se agachó y sacó a Boone de debajo de la rampa tirándole de los pies.

—Ya está, Boone. Ya se han ido.

El hombrecito farfullaba y temblaba de los pies a la cabeza.

—¿Quién demonios eran esos tipos? —logró preguntar el vaquero.

—Soldados.

—¿De cuándo?

—De ahora. Más o menos.

—¡Chico! ¡Menos mal que estaré muerto antes de que empiece ese tiroteo! —dijo con fervor—. ¿Te han dado, muchacho? —preguntó a Omri preocupado al ver caer una gota de sangre en el baúl.

—Sólo un poco —dijo Omri apretándose un kleenex contra la mano.

—¿Conseguiste algo fuerte para tomar? —preguntó Boone, ansioso—. Ahora lo necesito de verdad.

—¡Oh! ¡Debo de haberlo tirado!

A Boone le cambió la cara. Pero cuando Omri fue hacia la puerta encontró que, aunque el vaso se había caído al suelo derramando casi todo el whisky, no se había roto y quedaba un poco en el fondo. Le ofreció el vaso a Boone, que trepó enseguida al borde y se lanzó de cabeza. Se quedó colgando del borde por las botas y empezó a lamer lo que quedaba del whisky como un perrito.

Omri no pudo evitar reírse.

—¡Venga, Boone! No puedes tener tanta sed. Recuerda que se supone que eres un ser civilizado.

Le sacó del vaso y puso las últimas gotas en uno de los tapones de pasta de dientes.

—¡Guárdale un poco a Toro Pequeño!

Boone pareció sorprendido.

—No se puede dar licor a los indios, ¿o es que no lo sabías? Les vuelve locos. Su cabeza no está hecha para eso. Además, a él no debes darle nada. Está demasiado enfermo.

—Cuando tú estabas herido decías que el whisky te hacía sentir mejor.

—Sí, supongo que eso dije —respondió, mirando con pena el vasito—. Si estás dispuesto a correr el riesgo... Pero luego no me eches a mí la culpa si se vuelve loco. Toma...

Y acercó el tapón a Omri, que se lo pasó a Toro Pequeño. Estaba otra vez sentado, mirando los agujeros de bala de su cama.

—Mira, Boone te manda un poco de whisky, Toro Pequeño.

—No querer —contestó rápidamente.

—¿Por qué no? Creí que te gustaba.

—Agua de fuego ser para fiesta. Para hacer feliz. Hacer olvidar pena. Toro Pequeño deber mantener cabeza. Deber pensar, luego actuar. Dar agua de fuego a Boone. Él no necesitar pensar.

Boone volvió a coger su bebida sin hacerle ningún asco. Omri recogió unos trocitos del pan y las aceitunas del suelo y pronto los hombrecitos estuvieron comiendo, aunque su opinión sobre las aceitunas no fue muy entusiasta.

—Así que mi idea podría funcionar —dijo Boone después de tragarse de golpe su bebida—. Diez tipos de ésos, con armas como las que manejaban, y los franceses se pondrán de rodillas, si les queda alguna, suplicando la paz a los pieles rojas.

Patrick, que se había quedado de pie junto a la ventana, se volvió hacia ellos.

—Eso es lo que yo estaba pensando —dijo.

Omri estaba exasperado. ¿Cómo podían ser tan tontos los dos?

—¿Qué opinas tú, Toro Pequeño? —preguntó Patrick, ansioso—. ¿Qué te parece si convertimos en reales un montón de soldados de ésos, hacemos que se unan a ti y os mandamos a todos a tu pueblo? Podrían luchar contra los franceses a tu lado.

Toro Pequeño se quedó quieto. Sus ojos negros fueron de uno a otro. Por un momento, Omri temió que aceptara la tentadora solución. Pero luego, de mala gana, sacudió la cabeza.

—No bueno —dijo malhumorado.

—¿Por qué no? —dijo Boone—. Les harían picadillo en dos minutos y te habrías librado de ellos para siempre. No se atreverían a volver a molestaros nunca más.

—Soldados–ahora no pertenecer —dijo Toro Pequeño—. Ellos no luchar por el pueblo de Toro Pequeño. Ellos luchar con soldados franceses.

—En cualquier caso —dijo Omri—, sería mucho más probable que se sentaran y se negaran a luchar contra nadie cuando se dieran cuenta de que no estaban donde tenían que estar.

—Podríamos explicárselo —dijo Patrick.

—¿Vas a intentar explicar a un ejército de soldados, que está probablemente en mitad de la Segunda Guerra Mundial o en Irlanda del Norte, que no tienen que luchar contra los nazis o contra el IRA, sino que tienen que disparar contra franceses del siglo XVIII en el centro de Virginia?

—Bien, ¿y a quién *podrías* explicárselo tú?

Entonces fue cuando a Omri se le ocurrió su idea genial.

—¡Te diré a quién: *a otros indios*!

Toro Pequeño volvió la cabeza. Comprendió enseguida.

—¡Sí! —gritó al momento.

—¿Qué? —preguntó Patrick.

—¿Qué quieres decir, chico? —preguntó Boone.

—¡Escuchad, escuchad! —gritó Omri muy excitado—. Lo que tenemos que hacer es ir a comprar montones de indios. Iroqueses como Toro Pequeño. Él nos dirá la ropa y las cosas que tenemos que buscar, aunque creo que ya lo sé. Les haremos vivir. Toro Pequeño podrá hablar con ellos y les enviaremos a todos juntos cuando Toro Pequeño esté mejor y...

—¡Hacer regresar ahora! ¡Ya! ¡Yo bien, yo mejor *ahora*! —exclamó Toro Pequeño.

Estrellas Gemelas vino corriendo a calmarle, pero él no se dejó calmar. Empezó a gritarle en su lengua. Ella parecía muy excitada, daba palmadas y miraba a Omri con los ojos brillantes que le dieron su nombre.

—Espíritus saber Omri salvar —dijo—. ¡Salvar pueblo también!

Pero Toro Pequeño tenía otra cosa en la cabeza.

—Armas–ahora —ordenó.

—¿Qué? —preguntó Omri sin entender.

—Soldados–ahora no bueno. Pero armas–ahora *bueno*. Traer guerreros iroqueses, plás–tico, muchos y dar a guerreros armas–ahora, como las que hacer agujeros en cama.

12. LAS TROPAS

Los niños comieron abajo para no despertar sospechas, aunque les resultó una auténtica agonía tener que dejar el dormitorio del ático cuando estaban sucediendo tantas cosas. Toro Pequeño estaba sufriendo muchísimo, lo veían, y aunque Omri no tenía ninguna prisa por mandarle de vuelta, sentía que debían hacer algo lo antes posible para llevar a cabo el plan.

Los padres de Omri no hicieron más que hablar de la fiesta a la que iban esa noche. Adiel y Gillon querían ver una película y discutían acaloradamente sobre cuál elegir. Gillon discutía al mismo tiempo con sus padres sobre la conveniencia de alquilar un aparato de vídeo que, según aseguraba, supondría más ahorro que lo que costaba. La reacción de sus padres a la excelente idea fue, como siempre, automática y negativa.

A Omri, con todo lo que tenía en la cabeza, todo aquello le parecía ridículamente trivial.

Patrick y él habían ido a una tienda de figuras de plástico antes de comer. Omri se había llevado uno de sus libros sobre los indios y trataba de encontrar los que iban vestidos con las ropas distintivas de los iroqueses: pantalones flojos con adornos de plumas, mocasines atados a los tobillos, una especie de tela que colgaba de la cintura como un delantal y plumas de pavo en una cinta anudada a la altura de las sienes. Sólo que de ésos no había muchos. Era increíble la variedad de ropas indias que había, y la tienda de modelos tenía representantes de una docena de tribus diferentes.

Omri sabía lo terrible que podía ser el odio entre tribus enemigas. Los algonquines, por ejemplo, eran los enemigos mortales de los iroqueses. No serviría de nada llevar uno de *ellos*. Pero, puesto que no había bastantes de los que estaba seguro que eran iroqueses, Omri compró algunos otros de los que no estaba muy seguro, esperando que Toro Pequeño pudiera reconocerles como pertenecientes a alguna nación india amiga que estaría dispuesta a ayudar a los iroqueses en los momentos difíciles.

Patrick, con el libro en la mano, estaba ante otra estantería buscando soldados ingleses de distintas épocas. Quería encontrar alguno que hubiera luchado contra los franceses en América. Omri no era partidario de meter a ningún blanco en este asunto, pero Patrick dijo que ya estaban metidos.

—Apuesto a que manejan las armas modernas mejor que un puñado de indios primitivos.

Omri le dijo que no fuera tan racista, pero, cuando Patrick encontró algunos adecuados, según las ilustraciones del libro, Omri no puso ninguna objeción a comprar cuatro soldados de infantería y un oficial a caballo. El caballo, uno negro muy bonito, lo encarecía muchísimo.

Todo el lote, unos cincuenta indios variados y cinco soldados, les suponía más de diez libras, que para

Omri eran más que la paga de tres semanas. Patrick le ayudó aunque no tenía mucho.

Ahora que tenían una bolsa llena de potenciales aliados de Toro Pequeño, los niños no podían esperar para empezar a actuar. Tenía que ser en cuanto acabaran de comer, el resto de la familia se dispersara y la casa quedara en silencio. Mientras subían la escalera, Omri dijo:

—¿Crees que podemos arriesgarnos a sacarles al exterior?

—Quiero empezar a meter cosas en el armario —dijo Patrick.

—¡Yo también! Pero saquemos el armario fuera. Así, si empieza algún tiroteo, no será tan peligroso.

—¿Por qué va a ser menos peligroso fuera?

—No lo sé... Me parece que sería más seguro.

—Vale, de acuerdo. ¿Pero que pasará si tu padre o alguien sale al jardín?

—Papá está pintando en su estudio. Además, hay un lugar separado con un seto al fondo del jardín donde no hay más que arbustos. Nunca va por allí.

Encontraron a los hombrecitos esperándoles ansiosos.

—¿Dónde ir Omri tanto tiempo? —preguntó Toro Pequeño inmediatamente.

—Tranquilízate, Toro Pequeño, hemos ido a buscar a los hombres.

Toro Pequeño se sentó de golpe, con los ojos brillantes de emoción.

—¡Enseñar!

—Un minuto.

Omri puso la cajita en el semillero.

—Estrellas Gemelas, tápale bien. Nos vamos fuera.

Ella puso el dedo del guante envolviendo a Toro Pequeño hasta debajo de los brazos mientras Boone recogía la rampa arrastrándola tras él. Los dos ponis estaban pastando en la pradera. Omri lo cogió todo mientras Patrick cargaba con el armario y la bolsa de los nuevos. En el último momento tomó la precaución de meter a la matrona en el bolsillo. Omri echó un rápido vistazo para asegurarse de que nadie andaba por ahí. Después bajaron las escaleras sigilosamente y salieron al jardín trasero por la puerta de la cocina.

Era un sitio precioso, mucho mejor que su antiguo jardín. No era un rectángulo de pradera con unas cuantas flores. Había escondrijos y grietas. Omri se dirigió a su rincón favorito, un grupo de matorrales con un poco de hierba en medio, donde los rododendros y otros arbustos altos lo mantenían oculto de las miradas curiosas. El sol estaba en lo alto y el lugar quedaba protegido del viento. A pesar de todo, Omri sugirió que Toro Pequeño se metiera dentro para que no se enfriara.

—¡No! ¡No querer! ¡Querer estar al sol! Sol dar *Orenda*.

—¿Qué es eso?

Toro Pequeño pareció desconcertado.

—¿No conocer *Orenda*? *Orenda* para todos los hombres. Fuerza de vida. Sol dar. Y lluvia. *Orenda* en animal, planta, toda cosa. Amo de lo Bueno hacer. ¡Ahora Omri ser Amo de lo Bueno! Hacer guerreros, muchos, luchar por gente de Toro Pequeño.

Omri sintió un escalofrío. No le agradaba la idea de hacer de Dios. Pero era demasiado tarde para volverse atrás.

Colocaron el semillero y el armario sobre la hierba. Boone volvió a colocar la rampa, ensilló su poni, comprobó el lazo que llevaba enrollado al pomo y se fue a cabalgar. No era fácil, pues la hierba no se cortaba a menudo, pero no pareció importarle.

—Vosotros id colocando las cosas, ¡yo me voy a galopar un rato!

—¡No nos pierdas de vista! —dijo Patrick.

—¡Eso es como decir que no pierda de vista las Montañas Rocosas! —rió Boone.

Agitó el sombrero y salió corriendo entre los brotes de hierba gritando "¡yipiii…!" al modo vaquero. Una de las cosas mejores de Boone era que siempre se comportaba como los chicos esperaban. Esto servía para compensar a Toro Pequeño. Nunca sabían qué podían esperar de él.

Los niños empezaron a colocar en fila a los hombrecitos que habían comprado para que Toro Pequeño los inspeccionara. Aunque el indio se daba cuenta perfectamente de que no podían verle, parecía darle vergüenza estar ante ellos en lo que ellos llamaban "cama de hombre blanco". Hizo que Estrellas Gemelas le ayudara a levantarse y pidió que le pusieran en el suelo sobre un montón de hojas de rododendro. Parecía magnífica, como capas de cuero brillante de color verde oscuro, pero no muy cómoda, pensó Omri.

Toro Pequeño se sentó con las piernas cruzadas y miró con detenimiento las figuritas de los indios una por una. Varias veces pidió que le acercaran a uno de ellos para inspeccionarlo más de cerca. Descartó algunos con un brusco movimiento de la mano. En un momento gruñó:

—¿Por qué traer enemigo algonquín?

—Lo siento —dijo Omri retirando al momento la figura ofensiva—. Pensé que era un mohawk. Viste como ellos.

—Los mohawks ser nación iroquesa. ¿Omri no ver diferencia? Tonto. Ojos grandes no mejores.

Unas tres cuartas partes de los hombres que habían comprado fueron aprobados. Después Toro Pequeño se volvió hacia los soldados británicos.

Resultaban espléndidos con sus pantalones de montar blancos, casacas rojas y sombreros de tres puntas, pero a Omri no le parecían demasiado prácticos. Las bandas blancas cruzadas sobre su pecho les convertían en un blanco perfecto. Pero tal vez la brillantez de sus uniformes fuera intencionada para intimidar a sus enemigos. Por otro lado, iban todos armados con mosquetes rematados con temibles cuchillas. Omri dobló una con el dedo fácilmente, pensando en lo afilada y letal que resultaría cuando el armario cumpliera su misión y las bayonetas se convirtieran en acero.

—Éstos no buenos —dijo Toro Pequeño secamente.

Patrick y Omri estaban atónitos.

—¿Qué tienen de malo? —dijo Patrick—. ¿No son de la época correcta?

—Época correcta. Cerca. Soldado inglés que luchar francés en gran batalla poco antes. Franceses ganar.

—¡Oh! ¿Por qué?

—Luchar mejor. Pero también ingleses vestir estúpido. Esto... esto... —decía señalando despectivamente las casacas rojas y las líneas blancas—. Coger el sol. Llamar ojos de soldado francés. Arma apuntar.

¡Piummm...! —imitó el sonido de un disparo—. No bueno si soldado orgulloso. Deber vestir para enemigo no ver.

—¿Cómo se visten los soldados ingleses... esto... ahora?

—Más como indios. Colores de tierra. Como hoja. Sombra. Más para esconder. Saltar sobre enemigo. Hombre blanco aprender mucho de indio.

—¿Y ahora quién es el orgulloso? —susurró Patrick a Omri.

—¡TORO PEQUEÑO OÍR ESO! —rugió al instante el indio.

Verdaderamente, tenía el oído de un murciélago.

—Entonces, ¿no quieres que traigamos a esos hombres a la vida? —dijo Patrick con prisa.

—No necesitar. Bastante con guerreros y armas–ahora.

Los chicos intercambiaron una mirada. La cosa se complicaba. Toro Pequeño era orgulloso y no le iba a gustar la sugerencia de que los hombres blancos manejarían mejor las armas modernas.

—Escucha, Toro Pequeño... —empezó Omri suavemente.

Se quedaron paralizados de repente. Omri oyó la voz de su madre llamándole desde la casa.

—¡Omri! *¡Omri!*

—¿Qué...? —contestó, poniéndose de pie de un salto.

—¡Cariño, Kitsa ha cogido un pájaro! O un ratón o algo. Está jugando con él en la pradera. ¿Puedes...?

A Omri se le quedó la mente en blanco. Dejó de oír lo que le decía su madre. Pero Patrick salió disparado como una flecha atravesando los arbustos como loco. Omri fue tras él con las ramas golpeándole en la cara.

En la pradera grande estaba Kitsa, con su belleza blanca y negra, brillante y mortal al sol. Estaba concentrada y agazapada; moviendo la punta del rabo y con el resto del cuerpo paralizado.

Frente a ella, en la hierba, había algo pequeño, indefenso… y vivo.

13. UNA MUERTE Y UNA CURACIÓN

KITSA! —gritó Omri.

La gata volvió la cabeza sorprendida. Los chicos se lanzaron directamente sobre ella. Furiosa por la irrupción, se dio la vuelta y con un rápido movimiento de caderas, saltó. Casi en el mismo segundo, Patrick la alcanzó.

Sin tiempo para pensar, le dio una patada o, mejor dicho, intentó darle una patada. La gata dio un salto en el mismo instante y aquel pie, a punto de golpearla, no hizo sino acelerar su vuelo por el aire. Con un maullido de ultraje, frustrada y sin nada en la boca, por fin escapó.

Omri y Patrick se arrodillaron en el lugar donde había estado Kitsa.

El caballo blanco estaba tumbado de lado. Movía las patas, pero estaba herido. Intentaba levantar la cabeza relinchando y volvía a dejarla caer. Boone tenía medio cuerpo debajo de él. No se movía.

Patrick retiró al poni con mucho cuidado hasta quitarlo de encima de Boone. De repente, Boone se puso de pie y gritó:

—¿Estoy muerto? ¿Me mató?

—Creo que estás bien —dijo Patrick.

Su voz sonó a Omri como la de un extraño. Era ronca y brusca como la de un hombre. Boone miraba a su alrededor aturdido.

—¿Qué ha pasado?

—Un gato.

—¡Un gato! ¡Era la maldita criatura más grande que había visto en toda mi vida! ¡Apareció de repente! Estaba cabalgando pensando en mis cosas y, de pronto…

Miró a su caballo, que volvió a levantar la cabeza piafando suavemente, como si le pidiera ayuda. Hubo un espantoso momento de silencio. Boone se inclinó sobre la cabeza del caballo, acariciándole, pasándole las manos por el cuello. Desató la silla, se la retiró y le pasó las manos suavemente por el blanco lomo.

Después se quitó el sombrero. Fue un gesto extraño. Omri lo había visto hacer en las películas cuando se enteraban de la muerte de alguien. Un gesto de respeto, de algo más fuerte que el respeto. Se puso de pie.

—Está agonizando —dijo—. Tiene las costillas rotas. Tengo que matarlo.

—*¡Oh, no!* —se oyó decir Omri con tono desesperado.

—No debo dejar que siga sufriendo. Es mi amigo.

Su voz, que se quebraba y estallaba en lágrimas a la menor ocasión, era ahora absolutamente firme.

Lentamente cogió su revólver.

Omri no podía soportarlo.

—¡Por favor, Boone! ¡No lo hagas! ¡Seguro que podemos salvarle!

Boone sacudió la cabeza.

—Ya es demasiado tarde. Tengo que hacerlo.

Volvió a mirar hacia arriba. Tenía el rostro tenso, pero los ojos secos.

—Daos la vuelta. Esto no deben verlo los niños.

Omri se dio la vuelta. Patrick no. Boone se agachó. Susurró algo al oído del caballo, luego le acercó el revólver. Omri no lo vio, pero escuchó el disparo. Se le saltaron las lágrimas. No podía contenerlas. Se las quitó con las manos con rabia.

¿Por qué alguien que no lloraba casi nunca, lloraba por la muerte del caballo de Boone, mientras Boone, que lloraba por todo, se controlaba tan bien? Al darse la vuelta y ver a Boone de pie en silencio junto al cuerpo del caballo, con el sombrero en una mano y el revólver humeante en la otra, Omri intentó avergonzarse de su propia debilidad, pero no pudo. Por su culpa, en parte, había sucedido aquel desastre. Había estado tan ocupado con el Plan y la excitante perspectiva de traer más gente pequeña a la vida, que había dejado que Boone cabalgara por un lugar lleno de peligros mortales. El hecho de que hubiera sido su adorada gatita la que lo había hecho, sólo empeorar las cosas.

Le invadió una furia irracional. Se agachó.

—La mataré —murmuró entre dientes.

Boone le miró.

—No mates a nadie, chico. El animal sólo seguía sus instintos. No puedes culpar a un gato de ser un gato, aunque ataque a un tipo tan fiero y rudo como un huracán de Texas.

—Te... te conseguiré otro caballo.

—Sí. Hazlo. Me haré amigo de él, como lo era de éste. Algún día... Supongo... Un hombre no está completo sin un caballo.

Volvió a meter el revólver en la funda.

—¿Podríais conseguirme una pala?

Patrick tragó saliva, se aclaró la garganta y por fin dijo:

—Nosotros lo enterraremos, Boone.

—Gracias, hijo. Os lo agradezco.

Omri fue a buscar una paleta al invernadero y cavó un agujero pequeño en un parterre debajo de un crisantemo inclinado. Boone le quitó las bridas y se colgó la silla del brazo. Luego Patrick cogió el cuerpo. Todavía estaba caliente y resultaba extrañamente pesado para su tamaño. Lo tumbó en el agujero, Omri lo tapó e hizo un pequeño montículo. Se quedaron de pie unos momentos. Después Boone volvió a colocarse el sombrero sobre su pelo rojo.

—¡Vamos! —dijo—. Será mejor que volvamos con los demás antes de que les suceda algo a *ellos*.

Patrick llevó otra vez al vaquero entre los rododendros.

No había rastro de Toro Pequeño y Estrellas Gemelas y, por un momento, a Omri se le subió el corazón a la garganta. Pero luego apareció Toro Pequeño andando, despacio e inseguro, en la puerta de la cabaña medio derruida.

—¿Dónde ir? ¿Por qué marchar? —preguntó.

Patrick se detuvo y abrió la mano para que Boone pudiera bajar a la bandeja. Por lo que Omri veía, el vaquero parecía estar igual que siempre, pero Toro Pequeño pareció notar al instante que había ocurrido algo. Incluso intuía qué.

—¿Dónde caballo? —preguntó a Boone.

—Ha muerto —contestó Boone.

No dijeron más, pero el indio tocó a Boone en el hombro brevemente antes de volverse hacia Omri.

—Ahora nosotros poner guerreros en caja.

Pero esta vez era Patrick el que había estado pensando.

—Un minuto, Toro Pequeño.

Toro Pequeño se volvió hacia él.

—¿Qué minuto? ¡Hacer ahora!

—De acuerdo, vamos a traer a la vida a cuarenta indios. Y luego, ¿qué? Quiero decir, ¿qué hacemos después? Tú no puedes volver y empezar a luchar contra los franceses inmediatamente.

—¡Yo volver almo–mento! ¿Por qué no?

—Porque todavía no estás bien. ¡No, Toro Pequeño! No puedes estarlo, y tendremos otras cuarenta personas en nuestras manos. Tendremos que alimentarles y cuidarles hasta que tú estés listo. Pueden pasar días, semanas.

—¿Quién ser mana? ¡Yo fuerte!

—Siete días —dijo Patrick mostrando siete dedos—. Eso es una semana. Se–ma–na.

Toro Pequeño enrojeció.

—No semana. No esperar. Si yo estar aquí, no ayudar tribu, ellos nombrar nuevo jefe.

—Te diré algo —dijo Patrick metiendo la mano en el bolsillo—. Traeremos de nuevo a la matrona. A ver qué dice ella.

—¿Ma–trona?

—Sí —Patrick sacó la imponente figurita del alto gorro.

Toro Pequeño hizo una mueca.

—¿Para qué mujer blanca con cara de castor viejo?

—Te salvó la vida, así que será mejor que no seas grosero. Es como un doctor.

Toro Pequeño pareció sorprendido.

—¡No mujer doctor! —exclamó.

—Bueno, ésta sí. Ella sacó anoche el metal de tu espalda. Si ella dice que estás curado y puedes luchar, entonces muy bien. Empezaremos con tu ejército. Si no, esperaremos.

Puso a la matrona en el armario.

Cuando abrió la puerta, ella estaba de pie, parpadeando al repentino sol. Llevaba un gorro recién almidonado colocado en la cabeza.

—¡Ajá! —exclamó al ver a los niños—. ¡Tenía que pasar! Cuanto más pensaba en ello, más segura estaba de que me necesitaríais otra vez. Así que, ¿sabéis lo que hice? Metí unas cuantas cosas en el bolsillo del delantal, por si acaso.

Se remangó la falda y trepó por el borde del armario.

—"¡Ten todo previsto!" —dijo—. ¡Ése es mi lema!

Después vio a Toro Pequeño de pie ante ella con los brazos cruzados y lanzó un grito, pero no de terror.

—¿Qué *demonios* está haciendo fuera de la cama? ¿Quiere matarse?

—No matar mí —dijo Toro Pequeño tranquilamente—. Tal vez matar ti.

Ella avanzó hacia él.

—Tonterías, buen hombre. Sin duda, está delirando. ¡Esto es un auténtico escándalo! Veinticuatro horas después de, ¡ejem!, haberle practicado cirugía mayor, aquí está, de pie en lugar de estar tumbado boca arriba, quiero decir boca abajo. ¡Túmbese inmediatamente!

Para gran sorpresa de los niños, y quizá no menor del propio Toro Pequeño, éste se encontró obedeciendo sus órdenes. En realidad, a ella nunca se le pasó por la imaginación que no lo hiciera. Se tumbó sobre el montón de hojas y ella se arrodilló para examinarle. Estrellas Gemelas corrió a ayudarla. Le quitaron la ropa entre las dos. La matrona observó de cerca las heridas y después se puso en cuclillas.

—Increíble —dijo—. ¡Fantástico! Si no lo veo, no lo creo, la verdad. Impresionante. Ya lo veis —siguió hablando mientras sacaba una botellita y un poco de algodón de su enorme bolsillo—, el problema está en que *nosotros* llevamos una vida totalmente insana y antinatural. Comemos lo que no debemos, no hacemos suficiente ejercicio... Mirad a este hombre. ¡Mirad! Se trata de un soberbio espécimen. No tiene ni un gramo de grasa en el cuerpo. Ojos vivísimos, dientes perfectos, el pelo y la piel brillantes de salud...: ¡listo! Y si algo va mal, su magnífico y bien entrenado sistema inmunitario se pone en marcha y ¡ya está! Está prácticamente curado.

Luego lavó las heridas, sacó una jeringuilla y lanzó un chorrito al aire.

—Esto es solamente para mayor seguridad —dijo—. ¡Abajo los pantalones!

Antes de que Toro Pequeño pudiera comprender sus intenciones, le había bajado los pantalones y le había pinchado en el trasero con la aguja.

Toro Pequeño había soportado los grandes dolores sin parpadear, pero esta humillación fue demasiado. Lanzó un rugido como si le hubiera corneado un búfalo.

—¡No hay por qué armar tanto escándalo! ¡Ya está! ¡Se acabó! —dijo la matrona sacando la aguja y frotando enérgicamente el sitio con un algodón—. Es por si se infecta, aunque realmente hay poco peligro de que eso ocurra. Está como nuevo. ¡Menuda constitución! Por supuesto —añadió modestamente—, no hice un mal trabajo con él, aunque no sea yo quien deba decirlo.

—¿Cree que está lo bastante bien como para... para hacer algo que requiera una gran actividad? —preguntó Omri.

—Intenten detenerle —dijo la matrona, poniéndose de pie y sacudiéndose el polvo de las rodillas—. Personalmente, si yo estuviera en *mi* sala le diría que se quedara en la cama otro día más, pero un cuerpo como el suyo sabe qué hacer mejor que nadie.

—¿Cree que puede montar a caballo?

—¡Eso es cosa del caballo! —respondió la matrona, riendo de forma bastante escandalosa—. ¡Bueno, tengo que irme!

Mientras tanto, Toro Pequeño, que se había puesto de pie precipitadamente, refunfuñó, sacó su cuchillo y la amenazó con él. Pero la matrona, en absoluto alarmada, movió el dedo ante él.

—¡No, no..., pillín! Eso no serviría de nada en Santo Tomás.

Se dio la vuelta sin pensárselo dos veces. Él bajó el cuchillo desconcertado.

—Realmente sorprendentes, estos hombres primitivos —comentó a Omri mientras subía la rampa—. Control perfecto de su cuerpo. No se dejan llevar por las emociones.

De vuelta en el armario tendió la mano a Omri y después se echó a reír.

—¿Seré tonta? ¿Cómo iba a estrechar tu mano? ¡Pero, intentémoslo! Me encantaría estrechar la mano de un gigante aunque no sea sino un sueño, por cierto muy convincente.

Omri tomó su mano diminuta entre el pulgar y el índice y la sacudió con solemnidad.

—¡Hasta pronto! ¡Llamadme siempre que me necesitéis!

—Lo haremos —dijo Omri cerrando la puerta.

Se volvió y encontró la mirada de Toro Pequeño fija en él.

—Vieja osa blanca decir yo bueno —dijo—. Ahora Patrick, Omri, mantener palabra.

Los niños se miraron.

—Está bien —dijo Omri respirando hondo—. Empecemos.

14. PIELES ROJAS, CASACAS ROJAS

Traer cuarenta indios a la vida parece muy trabajoso, pero les supuso muy poco tiempo llevarlo a cabo. Hicieron primero unos pocos, sólo para asegurarse; y, cuando la primera media docena salió del armario y fue recibida por Toro Pequeño, que les agasajó en su extraña lengua que todos parecían entender, Omri y Patrick no se demoraron más.

—¡Metamos a todos los demás a la vez! —dijo Patrick, nervioso.

Esta vez Omri no hizo ninguna objeción.

La bandeja se llenó enseguida de hombres moviéndose por todas partes, sentándose en la valla de Patrick, admirando el poni de Toro Pequeño, lanzando exclamaciones de consternación al ver la cabaña derruida, mirando con disimulo a Estrellas Gemelas y examinando las pinturas de los laterales del tipi.

Uno o dos de ellos intentaron entrar, pero Toro Pequeño les cerró el paso. Boone estaba dentro. Ninguno de ellos sabía cómo iban a reaccionar los indios ante él y por eso decidieron esconderle.

Al principio, los nuevos indios no hacían ningún caso a los niños ni a nada que, para ellos, estuviera fuera de allí. Todo lo que había en la bandeja era de su tamaño y pronto se sentaron en fila, con las piernas cruzadas, para escuchar lo que Toro Pequeño tenía que decir.

Éste arrastró la caja de cerillas hasta ponerla delante del tipi y se subió encima. Desde allí se dirigió a ellos en un tono fuerte y autoritario durante unos minutos.

Omri y Patrick se sentaron detrás, ocultos por los arbustos.

—Fue una buena idea sacarlos fuera —susurró Patrick—. Parece más natural y no hay muebles enormes ni cosas que les puedan preocupar.

Omri no reaccionó ante el elogio. Si hubieran permanecido dentro, el caballo de Boone todavía estaría vivo.

Se quedaron mirando. Después de un rato, Toro Pequeño dejó de hablar y llamó a los niños imperiosamente. Ellos avanzaron de rodillas hasta la bandeja. Toro Pequeño les señaló con gesto dramático y los indios se volvieron para mirarles.

Curiosamente, su reacción no fue demasiado escandalosa. Algunos lanzaron gritos contenidos, uno o dos se pusieron de pie, pero volvieron a sentarse después de mirar a Toro Pequeño y comprobar que él no tenía miedo. Evidentemente, debía de haberles dado alguna explicación que justificara la presencia de gigantes, que ellos aceptaron sin dificultad. Cosa de "los Grandes Espíritus", sin duda. Omri no pudo evitar sonreír ante el evidente orgullo de Toro Pequeño de tener a tales seres a sus órdenes. Obviamente, le daba mucho prestigio ante los ojos de los hombres de esa tribu que esperaba conducir a la batalla.

Después de unas cuantas palabras más a su audiencia, Toro Pequeño se volvió hacia los niños.

—¡Hacer armas–ahora! —ordenó.

Ellos se arrodillaron sin saber qué hacer. Omri nunca había imaginado a los indios enloqueciendo con ametralladoras, granadas de mano y artillería. Podía ocurrir cualquier cosa, sobre todo si se excitaban. Pero Toro Pequeño fruncía el ceño de forma horrible ante sus vacilaciones.

—¡Hacer armas–ahora *ahora*! —tronó—. ¡Toro Pequeño dar palabra a bravos!

—¡Oh, cielos! —dijo Patrick irónicamente—. Entonces, ya está. Iré a buscarlas.

Se puso de pie. Omri dijo:

—Cuando llegues a casa, dile a mi madre que te dé algo para que comamos. Para que *coman*.

—¿Se te ocurre algo más?

—Sí. Tráete algunos caballos para que Boone pueda elegir.

—Cada cosa a su tiempo —dijo Patrick—. Será mejor que Boone se mantenga fuera de su vista.

Y salió cruzando los arbustos.

Mientras se iba, Omri pensó que debía hablar con Toro Pequeño.

—Estas armas–ahora, como tú las llamas, son muy, muy poderosas. Y complicadas. No pueden utilizarse sin un entrenamiento especial.

Toro Pequeño levantó el labio con desdén.

—Yo ver lo que soldado hacer. Apuntar arma. Apretar gatillo, como arma franceses, ingleses utilizar en guerra con indios. ¡Pero matar más! ¡Disparar mucho, mucho!

Toro Pequeño imitó el sonido de la ametralladora. Los otros indios reaccionaron con excitación.

—Pero las más grandes…

—Omri enseñar cómo.

—No pensarás que *yo* sé, ¿verdad? Según me estás recordando constantemente, no soy más que un niño.

Toro Pequeño frunció el ceño. Las filas de indios sentados a su alrededor parecieron notar sus dudas y empezaron a cuchichear con inquietud. Toro Pequeño levantó la mano para callarles.

—Omri poner soldado–ahora en caja. Él enseñar.

Omri se quedó pensativo. No tenía más remedio que traer a la vida a los soldados modernos, aunque fuera por poco tiempo, ya que las armas iban pegadas a ellos. El plan de Omri había sido hacer lo mismo que la vez anterior, cuando necesitó un arco y unas flechas para Toro Pequeño. Había traído a la vida a un indio viejo y le había quitado las armas, con intención de volver a convertirle en plástico al momento. Pero se murió de un ataque al corazón. Omri pensó que un sargento de artillería tendría más carácter. Tal vez valiera la pena intentarlo.

—¿Y qué pasa con ésos? —preguntó cogiendo un soldado de la época de Jorge III (que, según un verso que Omri recordaba de algún libro, "nunca debió ocurrir").

—Inténtalo —dijo Toro Pequeño bruscamente.

Sintiéndose un poco culpable por hacerlo sin que estuviese Patrick, Omri puso a los cinco soldados vestidos de escarlata en el armario. Al momento, el choque de metal contra metal anunció que los soldados y su oficial montado estaban listos para salir.

—Toro Pequeño, será mejor que entres con ellos. Será mejor que hables con ellos antes y decidas si los quieres.

—¡Bien!

Omri abrió la puerta ligeramente y Toro Pequeño saltó de la bandeja al armario. Omri acercó la oreja a la abertura de la parte de arriba para escuchar.

Toro Pequeño empezó a arengar a los oficiales británicos en su inglés raro. Omri oyó la palabra "francés" y la palabra "matar", pero no pudo enterarse de mucho más hasta que el estridente ladrido de una voz inglesa le cortó.

—¿Quién te has creído que eres, dando órdenes a un oficial del XX Regimiento Americano de su Majestad, sucio salvaje?

Se hizo un silencio mortal. Luego Toro Pequeño gritó:

—¡Yo no salvaje! ¡Yo jefe iroqués! ¡Iroqueses luchar al lado de soldados ingleses! ¡Ingleses felices de tener ayuda indios, guerreros derramar sangre en guerra inglesa! ¡Ahora yo pedir ayuda de ingleses! ¿Por qué casaca roja insultar?

Hubo una breve pausa y luego la voz inglesa dijo, con helado desprecio:

—¡Estúpido insolente! ¡Mátele, Smithers!

Omri puso la mano en la puerta para cerrarla, pero oyó otra voz.

—¿Sería acertado, señor? Después de todo, en el pasado les utilizamos.

—Quedan muchos más.

—Pero es un jefe, señor... Podríamos tener problemas.

—Por lo que veo, Smithers, es usted un remilgado. ¡Pues lo haré yo mismo! ¡Aquí! ¡Regresa, canalla!

Pero era demasiado tarde. Toro Pequeño ya se había deslizado sin hacer ruido por el borde inferior del armario y empujaba la puerta con todo su peso. Omri se alegró mucho de ayudarle y, en un instante, los arrogantes casacas rojas ingleses se vieron reducidos de nuevo a su condición de figuras de plástico.

Toro Pequeño, con el ceño fruncido de rabia y enseñando los dientes, miró a Omri con reproche. Omri sintió que también le culpaba a él de ser inglés.

—Seguramente no todos son así —susurró.

—Algunos ingleses no mejores que franceses —fue todo lo que dijo Toro Pequeño—. Mis bravos luchar solos.

Justo en ese momento, apareció Patrick cruzando los rododendros. Llevaba una bandeja en las manos en la que había dos vasos de leche, dos paquetes de cacahuetes salados y un par de manzanas rojas. También traía una bolsa de papel que contenía a los soldados–ahora. Omri esperaba que hicieran algo para mejorar la imagen de los soldados ingleses ante los ojos de su indio.

Hubo una agradable pausa mientras dieron de comer a los indios. Partieron los cacahuetes entre dos piedras más o menos limpias y sirvieron los trocitos en bandejas hechas con las hojas redondas de una capuchina. Patrick mordió una de las manzanas y la hizo pedacitos mientras Omri llenaba y volvía a llenar los tapones de pasta de dientes que pasaban con reverencia de mano en mano a lo largo de las filas de los guerreros sentados. Entre todos se bebieron casi medio vaso de leche.

Boone, que había estado fisgando desde detrás de la puerta de tela del tipi, envió un mensaje con Estrellas Gemelas, sugiriendo que debían añadir un poco "de lo fuerte" a la leche para "poner fuego en el estómago", según explicó solemnemente Estrellas Gemelas. Evidentemente, Boone pensaba que no sería mala cosa que los indios se volvieran un poco locos. Pero Omri y Patrick estuvieron de acuerdo en que era mejor que todos tuvieran la mente despejada.

Llegó el momento de traer a la vida otra vez a los soldados modernos y ver qué se podía hacer con las armas.

Después de consultar a Toro Pequeño, empezaron por un cabo de la Marina Real bastante corpulento que estaba arrodillado detrás de su ametralladora. Era el que había rociado de balas a Omri, y Omri sentía una especie de extraño cariño por él.

—Pero no podemos arriesgar a Toro Pequeño otra vez —dijo Omri.

Había contado a Patrick lo que había pasado con los soldados del siglo XVIII.

—Para un soldado moderno sería tan increíble encontrarse con un indio como descubrirse a sí mismo diminuto.

—Esperemos que pueda aceptarlo. Después de todo, nos ha visto una vez y el primer impulso ya ha pasado. Vamos. No debemos dejarlo para más tarde.

Patrick metió al cabo en el armario.

15. CABO FICKITS

Tendremos que estar atentos. La última vez que hice esto, empezaron a disparar como locos en el momento en que se abrió la puerta.

Abrieron sólo un poco al principio, Omri acercó los labios, y dijo:

—¡No dispare! Queremos hablar con usted.

Le contestaron con una brusca palabrota militar seguida de un "¡...! He vuelto a caerme del carro!

—¡No dispare! ¿De acuerdo?

Omri abrió la puerta del todo.

El cabo se había levantado. Miraba a su alrededor. La ametralladora brillaba al sol, engrasada y lista para entrar en acción.

—¡Caramba! ¡Estoy al aire libre! ¿Qué demonios está pasando aquí?

Omri empezó su discurso.

—Le parecerá increíble, claro, pero, de momento, se ha vuelto usted pequeño. Podrá contárselo a sus nietos... Y lo que va a ocurrir va a ser aún más interesante. Queremos que cuente a unos amigos nuestros, de su tamaño, cómo se maneja su ametralladora.

—¿Y contra quién se supone que van a disparar? Si no es una falta de educación preguntarlo.

—Bueno, verá…

Era demasiado complicado. Omri miró a Patrick indeciso.

—¿Contra quién dispara usted? —intervino Patrick rápidamente.

El hombre soltó una carcajada como un ladrido.

—Los enemigos de la Reina y cualquiera que mire con desprecio a los Marines Reales.

—¿Es usted un experto en armas? Quiero decir de todas clases.

—Puede llamarlo así. Estamos entrenados para manejar casi todo y a casi todos.

Los chicos se miraron. Era la persona adecuada.

—Muy bien —dijo Patrick rápidamente—. Aquí tiene la ocasión de demostrarlo. Voy a ponerle a usted y su ametralladora frente a un grupo de hombres. Les hará una demostración de cómo se usa. Disparará una vez y después dejará que ellos lo intenten. Pero tenga cuidado, no queremos herir a nadie. Es sólo un ejercicio de entrenamiento.

El rostro del cabo se había quedado rígido y había escuchado con atención mientras Patrick hablaba. Después saludó amablemente.

—¡Señor!

—¿Cómo se llama, cabo?

—Fickits, señor. Cabo de los Marines Reales, Willy Fickits.

—¿Cuánta munición tiene, Cabo?

—Trescientas vueltas, señor.

—No desperdicie ninguna.

—¡Señor!

—Y ahora, no se asuste cuando le coja.

La nuez del Cabo se agitaba al tragar, pero su cara no se inmutó.

—¡Señor!

Patrick llevó al hombre, tieso como un lápiz, entre el índice y el pulgar y le colocó sobre la plataforma. Al verle, hubo un murmullo de interés y sorpresa entre los indios, la mayoría de los cuales se pusieron de pie. El Cabo paseó su mirada a través de la masa de indios semidesnudos. Se le sacudió la nuez en la garganta y casi se le salen los ojos de las órbitas. Después volvió a adoptar su rígida expresión.

Mientras tanto, Omri había sacado la ametralladora del armario con cuidado y la había colocado ante él. La proximidad del arma pareció infundirle confianza.

—¡Empiece, Cabo! —dijo Patrick, que había descubierto que le gustaba dar órdenes que sabía iban a obedecerse al instante.

—¡De acuerdo, hombres! —gritó Fickits—. ¡Presten atención! Voy a hacer una demostración de esta arma, una maravilla de la ciencia militar. Primero la desmontaré y después volveré a montarla.

—Eso no importa, Cabo —interrumpió Patrick—. Sólo enséñeles a dispararla.

El Cabo cambió inmediatamente de tema.

—Primero les mostraré el modo de disparar.

Puso una rodilla en tierra, apuntó por encima de las cabezas de la multitud y disparó una ráfaga breve, pero ruidosa. Las balas silbaron a través del aire y agitaron las hojas del rododendro.

Los indios lo observaron impasibles. No parecían comprender lo que había sucedido. Pero Toro Peque-

ño se puso al lado de Fickits y gritó algo. Debió decirles que cada detonación representaba una bala o, con suerte, un enemigo muerto. Ante eso, los indios saltaron y se pusieron a gritar y a empujarse hacia la plataforma. Casi al momento empezó una pelea entre los que querían ser el primero en probar el arma. El cabo Fickits les miraba consternado.

—¡Será mejor que ordene algo a estos hombres, señor! —gritó a Patrick por encima del estruendo—. ¡Si siguen así, no haremos nada, señor!

—Es su arma, Cabo. ¡Dé las órdenes *usted*!

—¿Yo, señor? ¿No hay ningún oficial por aquí, señor? ¡O por lo menos un sargento!

La pelea allá abajo iba empeorando. Un indio fornido había tumbado ya a dos y trepaba a la plataforma.

—¡Queda usted al mando, Cabo! ¡Vamos, dígales que se comporten! Le escucharán.

Después de un momento de perplejidad, Fickits vio que el indio había puesto las manos encima de su arma y movía el cañón salvajemente en todas direcciones. Eso le hizo saltar.

—¡QUITA LAS MANOS DEL ARMA! —rugió.

Su voz no era la del cabo sino la de un sargento mayor de un regimiento. Al instante, la multitud chillona de indios guardó silencio. Hasta Toro Pequeño parecía impresionado. El indio que estaba al lado del arma, se vio alzado por el pelo (Fickits era capaz de hacerlo) y lanzado fuera de la plataforma.

—¡Y ahora, puñado de hombrecitos horribles —rugió Fickits—, tocaréis esta arma cuando *yo* diga que la toquéis y NO ANTES! ¿LO HABÉIS COMPRENDIDO? O desearéis que vuestras madres no hubieran conocido nunca a vuestros padres. ¿ESTÁ BIEN CLARO O NO?

Se hizo un profundo silencio. Hasta los pájaros parecían asustados.

—¡Uau…! —dijo Patrick—. Así se dicen las cosas.

El cabo Fickits parecía llovido del cielo. Sabía mucho de armamento militar, no sólo de ametralladoras. En cuanto Omri metió a los soldados en el armario, volvió reales sus armas, se las quitó a sus dueños y las colocó en la plataforma, Fickits instruyó a sus ahora obedientes alumnos sobre su manejo. Pronto tuvieron dos cañones, diez granadas de mano, tres bazokas, dos ametralladoras más y un montón de rifles automáticos. Estos últimos eran los que más gustaban a los indios. Cuando descubrieron que podían correr y disparar a la vez, el cabo Fickits tuvo que echar mano de su recién adquirida autoridad para mantener el orden. Aun así, fue un milagro que nadie resultara herido durante el entrenamiento. Los niños colocaron ramitas y trocitos de madera cortados en redondo para que sirvieran de blanco, pero como había una cantidad limitada de munición, cada indio tenía sólo cinco turnos para practicar.

Fickits parecía un poco inquieto con las armas grandes.

—Disparar artillería, señor, no es algo que pueda hacerse así como así. Cualquier analfabeto puede conseguir las armas de mano, señor, o lanzar una granada, pero, si quiere seguir mi consejo, deje fuera las piezas de ordenanza. Se necesita gente preparada para manejar la artillería, señor. No chusma como ésta, señor.

—Si ése es su consejo, Cabo, le haremos caso —dijo Patrick.

La expresión del cabo Fickits no cambió, pero pareció hincharse dentro de su uniforme como un pequeño palomo.

—¡Graciaseñor! —dijo haciendo una sola palabra.

Toro Pequeño se estaba impacientado.

—Ahora bravos saber disparar armas–ahora —dijo de modo apremiante—. ¡Tiempo de volver!

Omri había temido secretamente este momento, ahora se daba cuenta. Ahí estaba su indio, no del todo restablecido, sin importarle lo que nadie dijese, a punto de lanzarse a una situación de vida o muerte.

Sabía que no había forma de evitarlo. Sin embargo, eso no quería decir que Estrellas Gemelas tuviera que ponerse también en peligro.

—¿Puedes dejar aquí a Estrellas Gemelas? —preguntó Omri.

—Sí —contestó Toro Pequeño—. Dejar mujer. Omri cuidar. Traer vieja osa blanca cuando llegar tiempo para hijo Toro Pequeño. ¡Pero no dejar pinchar con garra en trasero!

Omri y el indio se miraron un momento.

—Buena suerte —dijo Omri.

—Necesitar ayuda de "Grandes Espíritus". Entonces luchar bien, ganar franceses, enemigo algonquín.

—¿Ayudaron los algonquines a atacar tu pueblo?

—Algonquines llevar. Franceses seguir. Ahora regresar. Tomar venganza.

—Ojalá pudiera verlo —dijo Omri.

—Y yo —añadió Patrick, que lo había oído por casualidad.

Llevó algún tiempo reunir a la tropa india, ahora bien armada, y prepararles para la marcha. Estrellas

Gemelas pidió a Omri que le trajera unas flores, las estrujó entre las manos, produciendo una pulpa coloreada con la que untó la cara de Toro Pequeño haciéndole rayas. Otros se pintaban con mezclas de barro y otros colores que traían con ellos.

Cada vez que volaba un pájaro por encima de ellos miraban hacia arriba con aprensión. Omri pensó que tenían miedo de que les atacaran (cosa que habrían hecho probablemente si los niños no hubieran estado allí para protegerles), pero, Toro Pequeño, después de que pasara uno, dijo:

—Mal presagio si sombra caer sobre bravos antes batalla.

Los últimos indios salían ya del estanque de Estrellas Gemelas, pintándose dibujos en el torso con barro. Omri miró el agua ahora turbia en la tapa de la cafetera. Tenía un tono rojizo en la parte donde le daba el sol poniente. Se dio la vuelta, contento de *no creer* en presagios.

16. SI QUERÉIS VOLVER...

El cabo Fickits llevó a sus tropas al armario y les hizo formar en dos filas en el fondo. Subieron las ametralladoras. Fickits saludó a Patrick.

—¡Los aprendices ya están formados y dispuestos, señor!

—Gracias, Cabo. Ha hecho usted un buen trabajo, de verdad.

—Graciaseñor.

—Ahora volverás al lugar de donde viniste, Fickits. No olvides lo que se siente al dar órdenes. Serás sargento muy pronto.

Fickits se permitió una ligera sonrisa.

—Siseñor. Graciaseñor.

Omri dijo a Toro Pequeño que advirtiera a sus hombres que debían poner una mano en el hombro del que tuvieran al lado o delante; así el grupo estaría físicamente unido.

—Y deben unirse todos a ti, Toro Pequeño; así regresarán contigo.

Toro Pequeño estaba en la pradera, buscando su poni. Necesitó a Estrellas Gemelas para que le ayudase a subir. Se agachó y le puso la mano en la negra cabeza. Ella le miró con los ojos brillantes, esta vez llenos de lágrimas. Parecía estar pidiéndole algo, pero él negó con la cabeza. De repente, ella se enderezó, le cogió la mano y la apretó contra su mejilla. Luego se dio la vuelta y corrió hacia el tipi.

Cuando entraba, apareció la cabeza de Boone en la puerta.

—¡Eh! ¡Indio!

Toro Pequeño, que cabalgaba hacia la rampa, volvió la cabeza.

—¡Manda a esos franchutes al infierno!

—Yo mandar.

Saludó con la mano a los niños, cabalgó por la rampa y, sujetando las riendas a la altura del pecho, galopó hasta el armario. Su poni saltó el borde y viró bruscamente para detenerse y evitar las filas de indios. Toro Pequeño gritó una orden. Todos los indios pusieron las manos encima del hombro del que tenían al lado. El que estaba más cerca la puso en la grupa del poni.

—¡Omri cerrar puerta! ¡Enviar! —ordenó Toro Pequeño.

Su rostro severo ardía de impaciencia.

Omri se concedió un segundo para mirar el grupo. Los guerreros pintados en doble fila parecían orgullosos, feroces, impacientes. Miraban hacia la batalla sin rastro de miedo. El sol daba en las armas y las hacía relucir listas para hacer aquello para lo que habían sido creadas. Por un momento, a Omri le asaltó la duda. Era como... enviar la muerte. ¿Por qué tenía él que ayudar a matar gente? Pero ya estaba atrapado en el drama.

—¡Vamos! —urgió Patrick—. ¡Mándales!

—Espera, ¡Fickits! —dijo Omri.

Cogió al pequeño cabo que estaba en posición de firme justo fuera del armario y le puso sobre la balda. Después cerró la puerta y giró la llave.

Durante un largo rato no respiraron. Luego, Omri abrió la puerta. Le temblaban las manos y movió un poco el armario al hacerlo. Dos o tres de las figuras de los indios, ahora de plástico, cayeron. Era como un dominó, uno golpeaba a otro hasta que casi todos estuvieron tumbados en el suelo del armario. Sólo Toro Pequeño, Fickits y dos más quedaron en pie.

Los niños observaron la escena con incontrolable consternación. Boone, que había subido sigilosamente al borde de la bandeja y se inclinaba a mirar, expresó los sentimientos de todos.

—Parece una masacre, ¿verdad?

—¡No seas tonto, Boone! —casi gritó Patrick—. Ahora son sólo de plástico. Se cayeron porque Omri movió el armario.

—Claro —dijo Boone precipitadamente—. Claro, ¡ya lo sé! Sólo estaba diciendo que…

—¡Vale, no lo hagas!

—No seréis supersticiosos, ¿verdad?

—¡Por supuesto que no!

Había una sensación de intenso anticlímax. Parecía no haber nada que hacer. Empezaba a hacer frío. Se sentaron un rato, pero resultaba insoportable por lo que todos estaban imaginando.

—¡Vamos dentro!

Patrick volvió a coger el armario, con su contenido y la bolsa de soldados británicos desarmados, y Omri cogió la bandeja.

Estrellas Gemelas y Boone se metieron dentro del tipi por si se encontraban con alguien al subir. Fue una buena idea, porque al pasar por delante del cuarto de Gillon en el primer piso, se abrió la puerta y el chico salió.

Omri y Partrick se sobresaltaron con un sentimiento de culpabilidad. No pudieron evitarlo.

—¿Qué es todo eso? —preguntó Gillon, no porque quisiera saberlo, sino por simple curiosidad.

—Cosas con las que nos hemos estado entreteniendo —dijo Omri.

Omri intentó pasar, pero Gillon se interpuso en su camino.

—¡Oh, es la fantástica casita que hiciste el año pasado! —dijo Gillon—. Y el tipi de cuero. A veces me he preguntado qué había sido de ellos. Jamás vi una igual en las tiendas...

Y antes de que pudieran reaccionar, cogió el tipi para verlo de cerca.

Fue uno de los peores momentos de la vida de Omri. No podía hacer nada. Ahí estaban Estrellas Gemelas y Boone, agazapados en el suelo, expuestos, descubiertos. Todo parecía congelado. Ni Patrick ni Omri podían moverse y las personitas estaban sentadas absolutamente quietas. Omri se quedó mirándoles sin decidirse. Estaban tan obviamente vivos, ¡eran tan vulnerables! Esperó como un condenado espera el hacha que va a caerle en el cuello a que Gillon les viera.

Gillon, sin embargo, estaba mirando el tipi que tenía en las manos.

—¡Es realmente una mini–maravilla! —dijo—. Me encantan las pinturas. ¿Las ha visto papá? —las miró más de cerca—. Este pequeño castor, y el puercoespín... Parecen realmente *auténticos*, como las pinturas de las cuevas que vimos en Francia. Y la forma en que están atados los palos, por dentro, es verdaderamente una obra de arte.

Después de eso, volvió a dejarlo descuidadamente en su sitio, casi arrancando la cabeza a Boone, y se fue escaleras abajo cantando una canción pop a pleno pulmón.

Patrick hizo una perfecta imitación de la matrona, girando sobre el talón y cayendo con un falso desmayo en el rellano. Se quedó tumbado con el armario sobre el estómago y los ojos bizcos. Al cabo de un segundo, se sentó.

—¡Demonios, qué cerca ha estado!

Omri aún estaba petrificado. Boone estaba tumbado de espaldas, medio dentro medio fuera del tipi. También parecía haberse quedado auténticamente bizco. Al cabo de un momento, salió del todo arrastrándose y se puso de pie, limpiándose el sudor de la cara.

—Caramba, hijo —se quejó—. ¿Por qué asustas de esa forma a la gente? Y la pobre damita... No está bien, estando como está, asustarla de ese modo. Le puede pasar algo.

Omri se agachó y susurró a través de la puerta:

—¿Estás bien, Estrellas Gemelas?

No hubo respuesta. Levantó el tipi con cuidado otra vez. Estrellas Gemelas estaba sentada muy quieta con la cara apoyada en las rodillas.

—¿Estrellas Gemelas? ¡Contéstame!

Patrick se había puesto de pie y miraba ansiosamente por encima del hombro de Omri.

—¿Qué ocurre?

—No lo sé. Vamos a mi cuarto.

Subieron. Omri llevaba la bandeja con mucho cuidado. Una vez dentro, cerraron la puerta con llave, pusieron el armario y la bandeja encima de la mesa de Omri y encendieron la luz.

Estrellas Gemelas se levantó. Su cara parecía gris.

—Hijo venir ahora —dijo claramente.

—¡Lo sabía! —dijo Boone—. Haz volver a ese murciélago viejo con gorro blanco.

—Estrellas Gemelas no necesitar nadie. Necesitar agua. Cuchillo. Omri traer, luego irse.

Hizo señas para que pusiera el tipi en su sitio para taparla.

—¿Estás segura, Estrellas Gemelas? Toro Pequeño dijo...

—Toro Pequeño ir a luchar. Estrellas Gemelas hacer hijo. Ir.

Omri la obedeció, aunque muy intranquilo. Trajo agua hervida, limpió el estanque y volvió a llenarlo. Boone llevó un cubo lleno de agua a la puerta del tipi y puso su navaja junto a él.

—Es para cortar el cordón, ya sabéis —les confió—. Los animales lo muerden, pero imagino que los indios no llegan a tanto.

Poco después, Estrellas Gemelas sacó la mano por la puerta del tipi y cogió el cubo y el cuchillo. Ató bien fuerte la puerta del tipi para cerrarla y todo quedó en silencio.

Parecía no haber nada que hacer salvo esperar. Omri sabía que, por lo menos los blancos, tardaban mucho en tener el primer niño. Su madre había tardado medio día en tener a su hermano Adiel, según les había contado. Aunque tal vez con los indios fuera diferente.

Patrick estaba inquieto.

—¡Si le pasa algo a ella, Toro Pequeño no nos lo perdonará nunca! ¡Ojalá se la hubiera llevado con él! ¿No deberíamos traer a la matrona?

—Estrellas Gemelas dijo que no. La matrona es terriblemente mandona. Tal vez sólo la trastorne.

—Creo que estaría mejor si volviera a su pueblo.

—Ojalá supiera lo que está ocurriendo ahí —estalló Omri.

—¡Sí! Si al menos *nosotros* pudiéramos volver de alguna forma.

Se sentaron los tres, los niños en sillas, Boone en la "cama" de hojas de rododendro en la que se había sentado Toro Pequeño. De vez en cuando, Boone se ponía de pie y paseaba alrededor del tipi. Mordía trozos de un bloque de tabaco, los masticaba y los escupía. Estaba obviamente muy nervioso.

Al fin se detuvo.

—Debí irme con ellos —dijo—. Sabía que debía hacerlo.

—Hubiera sido una locura, Boone —dijo Patrick—. Alguien habría disparado contra ti sólo porque pareces diferente, y eres blanco.

—Tal vez podría haberme quedado dentro del tipi y disparar a los franchutes desde cubierto. Podría haber hecho *algo*. Ese indio es mi hermano de sangre. ¡Su guerra debería haber sido la mía!

—Te necesitamos aquí, Boone.

—¿Para qué? ¡No hago nada!

—Bueno —dijo Omri—. Podrías ayudar con el bebé.

Boone dejó de andar.

—*¿Yo?* ¿Por quién me has tomado? ¡Los bebés son cosa de mujeres!

En ese momento, oyeron un pequeño grito dentro del tipi. No era el llanto de un niño. En un instante, Boone estaba agachado junto a la puerta.

—¡Déjeme entrar, señora! No puede quedarse sola dentro. ¡Yo la ayudaré! He traído al mundo una docena de terneros y son mucho más grandes que un bebé. ¡Sé lo que hay que hacer!

Hubo una pausa y luego un ligero movimiento en la puerta. Boone miró a los niños por encima del hombro con una sonrisa bastante insegura.

—¿Lo veis? Confía en mí —dijo—. Ahora, no os impacientéis. Toro Pequeño estará contento de haberme hecho su hermano. ¡Esperad!

La puerta del tipi se aflojó y Boone empezó a meterse dentro. Pero, antes de desaparecer, se volvió otra vez.

—Estaba pensando —dijo— que si queréis volver atrás y ver la batalla...

Los chicos se miraron y se inclinaron incrédulamente hacia delante para escuchar.

—Bien, lo que me estaba preguntando era... ¿Tiene que ser el armario? Tal vez no sea tanto el armario como la extraña llave. ¿Habéis probado alguna vez la llave en algo más grande? Como esa caja, por ejemplo, sobre la que estábamos todos antes.

Otro pequeño grito se dejó oír procedente del interior del tipi.

—¡Hasta luego, chicos! ¡Deseadnos suerte! —dijo Boone.

Siguió metiéndose dentro, dejando a los niños hirviendo de excitación ante las posibilidades de la sorprendente nueva idea.

17. TODO LO LEJOS QUE SE PUEDE LLEGAR

Funcionaría? —preguntó Patrick.

—¿Y cómo quieres que lo sepa? —contestó Omri—. Nunca había pensado en ello.

—Nunca nos preguntamos si el armario era parte de lo que hacía que sucediera. Tal vez tenga razón. Quizá el armario sólo sea un armario y la magia esté en la llave.

Se volvieron al mismo tiempo hacia el baúl.

Todavía quedaban trocitos de kleenex en la tapa, cajas y otras cosas. Omri se acercó y barrió todo lo que había encima. Lo abrió. Estaba lleno de cosas suyas.

—No es lo bastante grande como para que quepamos los dos.

—De todas formas no podríamos ir los dos juntos, idiota.

—¿Por qué no?

Entonces se dio cuenta. ¡Por supuesto! Alguien tendría que quedarse o nadie podría girar la llave.

—¿Quién prueba antes? —preguntó Patrick.

Omri se quedó mirándole.

—¿Hablas en serio? ¿De verdad quieres probar?

—¡Claro que sí! ¿Tú no?

Omri miró a su alrededor. A pesar de que a veces se enfadaba, estaba contento con su habitación, con su vida. No estaba seguro de querer arriesgarse a perder ninguna de las dos.

—¿Has pensado en el peligro? —preguntó.

—¡Cobarde!

—No. No soy un cobarde. Tú te estás lanzando demasiado rápido, como siempre. Párate a pensar un poco. Primero, si funciona, ¿cómo estarás seguro de que vuelves a la época de Toro Pequeño, a su pueblo y no a otro sitio? Puedes aparecer en cualquier lugar, y en cualquier tiempo —Pero Patrick parecía empeñado—. Aparte de eso ¿Qué hay de tu tamaño?

—¿Tamaño?

—Sí. Si *ellos* aparecieron pequeños ante *nosotros*, nosotros apareceremos pequeños ante ellos. ¿O no? Claro que entonces no había plástico. Tendremos que ser muñecos o maderos de tótem o algo así. No creo que sea una cobardía que a uno no le guste la idea de despertarse en un poblado indio hace doscientos años, en lo alto del madero de un tótem.

Por toda respuesta, Patrick se arrodilló ante el baúl y empezó a sacar las cosas.

—Échame una mano con toda esta basura.

Omri le ayudó sin decir nada hasta que el baúl quedó vacío. Entonces dijo:

—Después de todo, probablemente la llave no encaje en esta cerradura.

El corazón le latía muy deprisa. Confiaba en que no.

Patrick se levantó y fue a buscar la llave. Sin cerrar la tapa del baúl, la puso en la cerradura y la giró. Dio la vuelta con facilidad. La parte del cierre chasqueó. Patrick sacó la llave y se quedó mirándola.

—Creo que esta llave encaja bien en todas las cerraduras —dijo lentamente.

Omri respiró profundamente. Una vez más se veía atrapado en algo que era superior a él.

—¿Quién va primero?

—Yo —dijo Patrick sin dudarlo.

—¡Espera un minuto!

—¿Qué pasa ahora?

—¡Tienes que llevar algo, algo de Toro Pequeño! ¡Si no lo haces, no puedes esperar llegar al sitio correcto!

Patrick se detuvo.

—¿Qué tenemos de él?

—La cabaña.

—Eso no vale. La cabaña se hizo aquí, no la trajo de su tiempo.

—Entonces sólo queda el tipi.

Dirigieron su mirada hacia la mesa de Omri. El pequeño tipi estaba en la bandeja para semillas, con los postes sobresaliendo por la parte de arriba y los hermosos dibujos de animales en los paneles en forma de cono.

—Eso vino de otra parte. Los iroqueses no tenían tipis. Tenían cabañas. Además no podemos moverlo. Estrellas Gemelas está teniendo el bebé dentro.

Patrick dijo lentamente.

—Si me la llevo, estaré seguro de volver al sitio correcto. Ella me llevará.

—¡Patrick, no puedes hacerlo! ¿Hacerla aparecer en medio de la batalla?

—Escucha, es su pueblo, es su sitio. Si no hubiera sido porque tú les trajiste cuando lo hiciste, ella estaría allí ahora. Apuesto a que te dice que es donde mejor está, si se lo preguntas. ¿No viste cómo le suplicaba a Toro Pequeño antes de que se marchara?

—Pero él quería...

—¡Cállate! Siempre estás discutiendo. Ya lo he decidido. No voy a perder esta oportunidad. Quiero ver la batalla. No peleemos por ello o alguien saldrá lastimado. Y no seremos nosotros.

Fue hacia la mesa a buscar la bandeja, la cogió y la colocó con cuidado en el fondo del baúl. Omri le observaba terriblemente nervioso. Quería pegar a Patrick, pero ahora era imposible. Tenía que haberlo hecho antes. Si empezaban a pelearse ahora, podía pasarles algo terrible a Boone y a Estrellas Gemelas.

Su mente trabajaba a toda velocidad. "Yo soy el que tiene la llave", pensó. Así que tendría el control. Podría enviarles cinco minutos, o un minuto, o menos y luego, simplemente girando la llave, recuperarles. Así funcionaba. ¿Qué podría sucederles en tan poco tiempo? No podía evitar sentir admiración por el valor de Patrick. Omri admitió que no hubiera querido ir el primero y no sólo por Estrellas Gemelas.

Patrick se metió en el baúl y se agachó.

—Ya estoy —dijo dando la llave a Omri—. Cierra la tapa y mándame.

—Toca el tipi con un dedo —dijo Omri.

—Vale. Ya está. Ahora.

La voz de Patrick temblaba un poco, aunque no mucho.

—¿Qué pasa con Boone?

—Dijo que se sentía mal y que quería ayudar. ¡Mándanos, venga, antes de que pierda la calma!

Omri cerró la tapa, puso la llave en la cerradura y cerró el baúl.

Fue algo sencillo. ¿Qué había provocado?

Un momento después volvió a girar la llave y, con las manos heladas, abrió el baúl. No sabía qué iba a encontrar. ¿Habría desaparecido Patrick?

Patrick estaba dentro. Por lo menos su cuerpo estaba dentro. Omri le tocó. Sintió frío.

—¡Patrick! ¡Patrick!

No esperaba respuesta. Patrick estaba todo lo lejos que puede llegar alguien que aún no está muerto.

En el fondo del baúl, cerca de la cabeza inconsciente de Patrick, estaba la bandeja. La mano inerte de Patrick descansaba sobre ella. Todo lo demás estaba igual –el trozo de hierba, la cabaña, el estanque–, excepto una cosa. El tipi era de plástico. Las pinturas eran toscas, producidas en masa, los postes eran de color rosa y sacados del mismo molde que la tienda. Omri lo levantó con cuidado. Lo que vio debajo fue lo más impresionante que había visto en su vida.

La figura de plástico de una india estaba tendida sobre un montón de algodón. Un vaquero estaba a su lado con una rodilla apoyada en tierra. En sus brazos había un bebé desnudo de plástico, más pequeño que la uña del dedo meñique de Omri.

Omri tragó saliva. Cogió la bandeja y lo que había dentro y la sacó del baúl. Luego cerró la tapa de golpe y giró la llave. Había pasado medio minuto desde que "enviara" a Patrick. Al momento le oyó moverse dentro y abrió la tapa.

Patrick levantó la cabeza. Tenía la cara pálida y aturdida.

—¡No! —gritó con voz sofocada.

—¿Qué pasó? —chilló Omri.

—¡Estuve allí! ¡Es fantástico! ¡Escucha, yo era parte del tipi!

—¿Qué…?

—¡No puedo explicarlo! Yo estaba en el tipi, no en él, ¡*era* él! ¡Estaba fuera, podía verlo todo! El sitio es… es… No tuve tiempo de verlo bien, podría… Mándame otra vez, ¿vale? ¡Mándame *ahora*!

Alargó la mano y trató de bajar la tapa. Pero Omri se lo impidió.

—Sal. Me toca a mí —dijo.

—¡Tú ni siquiera querías ir!

—Pues ahora quiero.

Omri apenas podía hablar por la excitación. Intentaba arrastrar a Patrick fuera del baúl.

Patrick, resistiéndose, le gritó.

—¡Suéltame! Escucha. Oigo un bebé llorando en el tipi…

—Ya lo sé. Es el hijo de Estrellas Gemelas. Sal, ¿quieres?

—Escucha, no vale, déjame volver. Déjame quedarme un poco, apenas me dejaste…

—¡Tengo que ver! —dijo Omri frenético—. ¡Déjame mirar! Dame cinco minutos, por tu reloj, luego te dejaré a ti otros cinco minutos, te lo juro…

Patrick salió. Cambió el sitio a Omri.

—Será mejor que cojas el tipi.

—El tipi ahora no servirá de nada, lo único que sucederá es que les traerás de vuelta. Llevo los mocasines de Estrellas Gemelas en el bolsillo. Tienen que servir. Venga. ¡Vamos allá!

—¡Cinco minutos! —dijo Patrick.

Y cerró el baúl.

No tuvo ni un segundo para respirar hondo o sentir miedo. Omri, hecho un ovillo en las oscuras tripas del baúl, oyó el chasquido de la cerradura e, inmediatamente, sintió la luz del sol directamente sobre él. Trató de abrir los ojos, pero los tenía ya abiertos, puesto que veía. Y oía. Eso era todo lo que podía hacer. No sólo no podía moverse, sino que no podía intentar moverse, pero no se sentía incómodo o como si estuviera atado. No tenía nada *con qué* moverse, y eso era todo.

Frente a él había un pueblo indio en ruinas. Era por la tarde. El sol era una pelota roja que se hundía tras la ladera rocosa de una colina. El pueblo estaba en el claro de un bosque de pinos y arces. Los arces tenían el color del fuego. Era como si el fuego que había quemado el pueblo hubiera encendido más fuegos en los bosques de los alrededores.

Quedaban pocas cabañas en pie. Muchas estaban reducidas a cenizas en el suelo. Habían dejado de arder, pero sus ruinas ennegrecidas le daban un aspecto desolado. Varias mujeres se movían por allí. Algunas llevaban agua, otras cocinaban, otras ayudaban a los heridos... Había niños indios de todas las edades y varios perros. Apenas ningún joven.

Omri no pudo ver restos de nada que se pareciera a una batalla. ¿Qué había pasado con la tropa de indios bien armados que habían enviado hacía menos de una hora? ¿Se habían perdido por el camino?

De repente oyó un sonido detrás de él. Era inconfundiblemente el extraño y risueño grito de un recién nacido. Omri quiso mirar a su alrededor, pero no pudo. Fuera lo que fuese, estaba pegado al tipi por fuera y no podía ver lo que había dentro.

Se le ocurrió algo cómico y extraño. "¿Soy el castor o el puercoespín?"

No tuvo tiempo de meditarlo antes de oír la voz de Boone.

—Seguro que es un precioso muchachito —dijo con voz llena de emoción—. Tiene todo en su sitio. Ahora, dale un poco de leche y yo iré a pedirles a los chicos algo para ti, para que repongas fuerzas.

Hubo un movimiento a la izquierda de Omri y apareció Boone, sonándose la nariz y secándose los ojos. Sorprendentemente, era grande. O, no, ¡claro que no era sorprendente!

—Un precioso muchachito —murmuraba para sí, sorbiendo y sacudiendo la cabeza—. ¡Caray! ¡Qué maravillosa es la naturaleza! Apenas puedo…

Se paró en seco y miró a su alrededor con horrorizada sorpresa.

—¡Santo pez saltador! ¿Dónde estoy?

Omri se moría de ganas de decírselo, pero no podía hablar ni moverse. Pero Boone no era tonto. Pronto se dio cuenta de lo que había sucedido. Unos segundos después de entrar en escena, se dio la vuelta y volvió a meterse en el tipi. Afortunadamente, nadie le había visto.

—¡Hey, damita! ¿Sabes dónde estamos? ¡Creo que estamos en tu pueblo! ¡No, no! ¡No te levantes! Caray, no debí decírtelo…

Un momento después, Estrellas Gemelas salió del tipi con el bebé en brazos. Parecía cansada y estaba un poco sucia, pero bien. Era muy guapa. Omri, que hasta ahora sólo la había visto en pequeño, no se había dado cuenta de lo guapa que era.

Pasó una mujer india. Vio a Estrellas Gemelas y al bebé. Llamó a las demás. Pronto hubo un montón de mujeres a su alrededor, mucha charla y mucho señalar hacia el sol poniente. Omri esperaba que Boone tuviera la sensatez de quedarse en el tipi y así fue. Después de uno o dos minutos, Estrellas Gemelas se movió para volverse dentro. Varias mujeres quisieron entrar, pero ella se lo impidió.

Ahora Omri se esforzaba en oír la conversación en el tipi.

—¿Qué ocurre? —preguntó Boone en cuanto ella entró.

—Mujer decir extraña cosa ocurrir. Toro Pequeño venir con muchos bravos. Ir a las colinas. Esperar nuevo ataque.

—¿Qué ataque? —preguntó Boone, alarmado.

—Soldados quizá no regresar. Algonquines venir. Coger mujeres, comida, pieles.

—¿Y no se llevaron nada cuando vinieron la última vez?

—No. Iroqueses luchar, hacer huir. Algonquines quemar, matar algunos, coger nada. Ahora pueblo esperar. Toro Pequeño esperar en colinas. Algonquines volver cuando sol marchar.

—¡Ya casi se ha ido el sol! —dijo Boone con voz chillona.

—Sí —dijo Estrellas Gemelas en tono bajo.

Un momento después la voz de Boone dijo:

—¿No tienes miedo? ¿Con el bebé?

Estrellas Gemelas no contestó. Después dijo:

—Toro Pequeño cerca. Y Grandes Espíritus. No malo ocurrir.

Los ojos de Omri, o los del puercoespín, o los del castor, cualesquiera que fuesen los ojos a través de los cuales veía, estaban fijos en el sol. Se hundía tan rápidamente tras la colina rocosa que podía verlo moverse. Sólo quedaba una franja desigual. Se acercaba la oscuridad y ya habían pasado los cinco minutos. ¿Por qué Patrick no le había hecho regresar?

18. ALGONQUINES

En el pueblo se respiraba el miedo. Al anochecer, los habitantes parecieron prepararse para escapar. Los hombres que quedaban, principalmente viejos y algunos heridos o incapacitados, daban órdenes, y las mujeres corrían de acá para allá, guardando cosas en fardos. Otras acudían con cubos de agua y la echaban sobre los pocos fuegos que aún ardían, retiraban las cacerolas y agrupaban a los niños. Algunos perros correteaban, ladrando nerviosos, notando algo en las apremiantes e inquietas voces.

Omri lo observaba todo con creciente preocupación. Pasaban los minutos. Siendo aparentemente algo pintado en el costado de un tipi, no podía estar en peligro, pero estaba desesperadamente preocupado por Estrellas Gemelas, Boone y el bebé.

Poco después, una mujer vieja se acercó al tipi y Omri pudo verla. Andaba cojeando lo más rápidamente que podía, mirando el tipi con la boca abierta, como si hubiera surgido de la nada (y, en realidad, así había sido). Se agachó ante la puerta y llamó a Estrellas Gemelas. Estrellas Gemelas respondió. La vieja se marchó cojeando con su pelo blanco brillando en la oscuridad. Los pinos que rodeaban el campamento parecían negros contra el cielo que se iba oscureciendo.

Omri oyó que Estrellas Gemelas decía a Boone:

—Pueblo marchar ahora.

—¿Qué? ¿Marchar adónde?

—Esconder en el bosque —hubo una pausa, luego añadió dudosa—. ¿Boone venir?

—No. No puedo.

—¿Por qué no? Aquí no seguro.

—¡*Allí* sí que no es seguro! No para mí. No soy de los suyos, querida. Ya lo sabes.

Estrellas Gemelas no dijo más. Hubo una pausa, después se abrió la puerta del tipi y salió con el bebé envuelto en un pliegue de su falda. Se dio la vuelta en la puerta. Había una expresión muy dulce en sus ojos cuando miró a Boone, que quedaba fuera del campo visual de Omri. Luego echó a correr, mezclándose en la masa de indios que estaba en el centro del pueblo.

Formaron una procesión desigual. Estaba demasiado oscuro para ver, pero Omri pudo distinguirles cuando salieron silenciosamente del círculo de ruinas y edificios medio quemados. Hasta los perros callaban al seguirles. Uno de ellos, más lento, pasó por el tipi. Se detuvo para dejar su marca en un lateral y miró hacia arriba un momento, justo hacia Omri. Enseñó los dientes, que brillaron en la oscuridad, y gruñó inquieto, con el pelo del lomo erizado. Luego metió su largo rabo entre las patas y salió corriendo detrás de los otros.

Pronto desaparecieron los últimos murmullos y susurros y se hizo un profundo silencio, sólo roto por la llamada de un búho solitario. ¿Era un pájaro o una señal?

Omri nunca había sabido lo que era el verdadero miedo. Lo único con lo que podía comparar aquello era el paseo por la calle Hovel sabiendo que tenía que pasar por delante de los *skinheads* que le estaban esperando. Ahora eso parecía no ser nada. ¿Después de todo, qué era lo peor que le podían hacer? ¿Un ojo morado, unos rasguños? Lo de ahora entraba en una categoría del miedo completamente diferente.

¿Pero de qué tenía miedo? A él no podía pasarle nada. En cualquier momento Patrick giraría la llave del baúl y le llevaría de nuevo a su cuerpo, a la normalidad, a la maravillosa y total seguridad de su propia vida, en la que nunca antes había pensado, y mucho menos apreciado.

¿Por qué entonces tenía aquella sensación gélida que solamente podía ser terror? Tal vez fuera por Boone. Boone estaba detrás de él en el tipi; ya no era una figurita, sino un hombre de verdad, fuera de su sitio, fuera de su tiempo. Visible, sólido, vulnerable y solo. Omri no podía imaginar cómo se sentiría Boone ahora mientras esperaba en el tipi a que sucediera algo desconocido.

De repente, sucedió.

Empezó con otra llamada del búho. Omri vio un movimiento rápido en un lado, cerca del borde del claro. Luego, en el otro lado. Una figura humana, agachada, pasó corriendo ante él. Repentinamente, todo el claro se llenó de hombres que se movían.

No eran franceses, por supuesto. Eran indios. ¿Los hombres de Toro Pequeño que regresaban para defender el lugar? Omri hizo esfuerzos por verlos, pero lo que consiguió distinguir fueron retazos de panta-

lones o alguna cabeza con plumas. El destello de un hacha a la luz de las estrellas. Luego vio que varios hombres estaban juntando la leña del fuego para cocinar en un montón en el centro del círculo de cabañas. Las sombras empezaron a extenderse desde una luz que surgió en medio de los hombres. De repente subió una llama, y luego otra. El fuego estaba encendido. Omri pudo ver claramente.

¡No eran los hombres de Toro Pequeño! Sus ropas eran diferentes. Sus cabezas estaban medio afeitadas. Los adornos de la cabeza y sus movimientos eran extraños. También lo eran sus rostros. Sus caras tenían un gesto salvaje, y eran deformes, máscaras terroríficas de odio y rabia.

Eran algonquines que venían a saquear el pueblo.

A la luz del fuego central, se les veía ir y venir, por docenas, veintenas... No tardaron en darse cuenta de que se habían burlado de ellos, de que el pueblo estaba vacío y no había nada que robar, ni mujeres que llevarse. Su furia estalló en gritos y alaridos. En medio del estruendo, Omri oyó un gemido contenido detrás de él. ¡Boone! El vaquero debía de estar observando la feroz escena.

Ahora los indios metían ramas en el fuego grande para hacer antorchas. Bailaban, gritaban y saltaban. Algunos corrían hacia las pocas cabañas que quedaban sin quemar. De repente, Omri lo supo.

Supo lo que había estado temiendo. Iban a quemar el tipi. ¡Y Omri formaba parte de él!

El tipi estaba en el borde del claro. Antes había otras cosas que quemar. ¡Pero acabarían llegando hasta él! Se estaban acercando, sus gritos eran cada vez más feroces y sus antorchas hacían remolinos de humo por encima de sus cabezas medio desnudas.

Omri gritó en silencio. "¡Patrick! ¡Patrick! ¡Hazlo ahora! ¡Gira la llave, llévame a casa, sálvame, por favor!"

Vio a un indio que iba directo hacia él. A la luz de la antorcha su cara aparecía deformada de ira. Durante un segundo, Omri vio, bajo el cuero cabelludo afeitado y decorado con un solo mechón de pelo, la estúpida y destructiva cara de un *skinhead* antes de emprenderla a golpes. La antorcha retrocedió con la mano derecha del hombre, hubo una pausa de una décima de segundo, avanzó atravesando el aire y golpeó el panel de cuero justo al lado de Omri.

Rodó al suelo y se quedó allí, con la llama devorando el borde de abajo. El algonquín se lamió los labios, gruñendo como un perro, y corrió de nuevo hacia el fuego.

Omri no se había dado cuenta de que podía oler igual que ver y oír. Ahora olía el humo, el hedor a cuero quemado. Estaba seco y ardió enseguida. Con desesperado terror, Omri observaba la zona quemada que crecía junto a él como una letra *A* rodeada de llamas. Apenas se dio cuenta de que otro indio se acercaba por el otro lado con otra rama ardiente hasta que, de pronto, fuera del aturdimiento aterrado en que había caído, oyó un disparo.

El indio saltó por el aire. Sus dedos se abrieron bruscamente. La antorcha cayó. El hombre también. Se desplomó como una piedra y se quedó inmóvil boca arriba mientras la rama se quemaba inofensivamente a su lado.

Todos los demás se quedaron quietos, sus caras se volvieron hacia el tipi.

El disparo vino de debajo. Omri vio la punta de un revólver asomando por una rendija del cuero justo debajo de él. Cuando todos los algonquines empezaron a correr hacia el tipi dando gritos, con sus monstruosas sombras deslizándose por el suelo frente a ellos, se oyeron más disparos y dos, tres indios más cayeron.

Los otros dudaron, y luego se dispersaron. El fuego seguía ardiendo en el centro. El fuego que devoraba el tipi también seguía ardiendo. Dentro, detrás de él, Omri oía e incluso sentía cómo Boone golpeaba frenéticamente las llamas con algo, tal vez su sombrero, y lanzaba juramentos. Era inútil. El fuego se extendía.

"¡Sal, Boone! ¡Corre, Boone, corre hacia el bosque! ¡Sálvate tú!"

El humo avanzó por encima del animal pintado en el que estaba Omri y le cegó.

19. EL TERROR DE LA BATALLA

Desde el oscuro corazón del miedo. Omri oyó un nuevo sonido.

No podía ver nada. Pero entre el chasquido de las llamas que ya le lamían, llegó un repentino golpeteo. Luego disparos aislados. Más y más cerca. Sin más aviso, algo estalló casi debajo de él. El tipi se cayó hacia un lado. Omri lo sentía encima. El ruido del fuego cesó y también el humo, pero aún persistía el olor. Al caer el tipi, se habían apagado las llamas. Tenía una sensación de pesadez, y luego de cansancio, pero pudo oír las palabrotas de Boone al intentar salir de los pliegues medio quemados y arrugados de la tienda.

Haciendo un gran esfuerzo, lo enrolló todo. Ahora Omri quedaba mirando al cielo de la noche. Veía las estrellas, el humo flotando por encima de él y el reflejo de la hoguera central en las copas de los pinos.

La bota de un vaquero surgió un segundo contra la luz de las estrellas y bajó esquivando a Omri por muy poco. Boone estaba encima de él, sentado a horcajadas, disparando a la oscuridad una, dos veces.

—¡Toma ésa, coyote pulgoso! —gritó.

Después sonó un click... Omri se dio cuenta de que había estado contando. Era la sexta y última bala.

Volvió el golpeteo, más cerca, y Boone se lanzó sobre el tipi caído, encima de Omri. Omri olía su sudor, sentía los latidos de su corazón a través de su camisa, le oía murmurar una mezcla de palabrotas y rezos. Las balas de la ametralladora le silbaban por encima de la cabeza. Sonó el estruendo de otra granada de mano al estallar en alguna parte cerca del fuego grande.

Ahora, al ruido de las explosiones se sumaron alaridos de terror y otros gritos, gritos de guerra, cuando los hombres de Toro Pequeño salieron de sus escondites para atacar a los desventurados algonquines. Omri oyó el golpeteo de los cascos de un caballo tamborileando en la tierra bajo él. Boone rodó a un lado y, casi en el mismo momento, las estrellas se oscurecieron al pasar el poni sobre él sin rozar el tipi, ni a Boone, dando un fantástico salto. El poni siguió galopando y Omri pudo ver un instante a Toro Pequeño montado en él, agitando un rifle por encima de su cabeza, persiguiendo a tres algonquines que huían.

El ruido de los disparos era continuo y ensordecedor. Omri vio el destello de explosiones grandes y pequeñas en la oscuridad. El escenario de la batalla se movía de un lado a otro caóticamente. Dos o tres veces, pequeños grupos de indios –Omri no podía decir si amigos o enemigos– pasaron corriendo por encima de la tienda. Uno de ellos tropezó con Boone y salió volando. Su pie descalzo hizo un rasguño en la cara de Omri.

Era una espantosa pesadilla. Totalmente impotente, incapaz de moverse, escapar, pelear o cerrar los ojos y los oídos, Omri había dejado de esperar que algún milagro le salvara. Se había olvidado completamente

de Patrick, se había olvidado de su otra vida. Era un testigo indefenso del caos y la carnicería de la guerra, era parte de ella sin serlo. Parecía que aquello iba a continuar para siempre o hasta que algún tipo de olvido se lo tragara.

Entonces, en una décima de segundo, se acabó.

El ruido, el humo, los gritos, el terror, la impotencia. Se acabaron...

Silencio.

Estaba tumbado hecho un ovillo sobre algo duro. Podía sentir su cuerpo, su maravilloso cuerpo tridimensional. La luz cayó sobre él y también el aire cálido. Oyó la voz de Patrick que le llamaba aterrorizado.

Se levantó lentamente agarrando con una mano el borde del baúl. Se llevó la otra al lado derecho de la cara. Patrick le miraba horrorizado, como si viera a un extraño.

—¡Omri! ¿Estás bien?

Omri no contestó. Notaba un lado de su cara raro. Retiró la mano; en los dedos quedó pegado algo negro. También notaba algo extraño en la nariz. Algo le corría por ella. Miró hacia abajo. Tenía sangre en la camiseta.

—¿Qué te ha pasado? Pareces..., te sangra la nariz. Y el pelo...

Nada de eso importaba. La sangre y el pelo chamuscado y ennegrecido no eran nada. No le dolía ni le daba ningún miedo, por lo menos no lo que él ahora llamaba miedo. Omri salió del baúl con dificultad, intentando poner en orden y aclarar sus ideas.

Patrick balbuceaba algo sobre la madre de Omri.

—Entró. Yo no podía hacer nada, me hizo ir abajo al teléfono y luego no quería dejarme subir otra vez.

No dejaba de preguntarme dónde estabas. Me entretuvo. Yo me estaba volviendo loco, no me dejaba marchar… Omri, lo siento. ¡Demonios! Tienes un aspecto horrible, como si hubieran estado a punto de matarte o algo así. ¿Qué sucedió? ¿Todo acabó? ¿Podemos traer a los demás?

Omri se puso un pañuelo presionando la nariz. Empezaba a escocerle la cabeza en la parte que se había quemado. Era espantosamente difícil pensar. Recordaba lo que había dicho Boone sobre Toro Pequeño y se lo repetía a sí mismo: "La pobre criatura está conmocionada. La pobre criatura…". La "pobre criatura" era él.

Los demás… Se volvió de repente.

—¡Haz que vuelva Boone! —gritó—. ¡Los otros no, pero trae a Boone! ¡Deprisa!

Patrick cogió el tipi de plástico y la figura de Boone que había debajo.

—¡No olvides su sombrero! —dijo Omri tontamente.

Patrick escarbó en la tierra de la bandeja y casi lo lanzó detrás de la figura y la tienda. Cerró de golpe la tapa del baúl y giró la llave.

—Si no está muerto… —suspiró Omri.

Empezaba a dolerle la cabeza en el lado quemado. Patrick levantó la tapa.

Miraron hacia el fondo del baúl. El tipi estaba derrumbado, retorcido y ennegrecido. Boone estaba tumbado sobre él. Estaba muy quieto. Durante un horrible momento, Omri pensó que le había alcanzado una bala perdida o el trozo de metralla de una explosión. Pero levantó su roja cabeza y les miró.

—¿Se acabó? —dijo.
—Se acabó para nosotros, Boone —dijo Omri.
Le sacó con delicadeza.
—¿Tú también estabas allí? Pero, ¿dónde, hijo?
—Estuviste parte del tiempo tumbado encima de mí —dijo Omri.
Boone no intentó comprenderlo.
—¡Que me cuelguen si no ha sido lo más espantoso que me ha pasado en toda mi vida!
—¡Y a mí! —dijo Omri, muy serio.
Patrick les miraba.
—¿Me lo he perdido? —dijo—. ¿Se acabó?
—No lo sé —dijo Omri.
Patrick se metió en el baúl.
—¿Qué estás haciendo? —gritó Omri a pesar de que lo sabía.
—¡Mándame allí! ¡Me lo he perdido todo y tú lo has visto! ¡Mándame otra vez!
—No.
—¡Tienes que hacerlo! Es justo.
—No me importa si es justo. Tú no sabes de lo que estás hablando. Era... No importa que te lo perdieras. Has tenido suerte.
—Pero...
—Es inútil. No te mandaría allí ni por un millón de libras.
Patrick se dio cuenta de que no bromeaba y, cuando vio la cara de Omri, no insistió.
Salió del baúl lentamente.
—¡Cuéntamelo todo! —dijo.
Omri se lo contó, ayudado por Boone, que intervenía de vez en cuando. Boone había dado cuenta de

tres, posiblemente de cuatro indios antes de que "se le terminara el plomo".

—Será mejor que hagas algo con esa quemadura —dijo Patrick al fin.

—Sí, pero, ¿qué?

—Tu madre tendrá que verla tarde o temprano.

—¿Cómo se lo explico? ¿Y la hemorragia de la nariz?

Patrick dijo que la hemorragia de la nariz no era nada.

—Podemos habernos peleado.

El problema era la quemadura. La mitad del pelo de ese lado de la cabeza había desaparecido y tenía una ampolla muy grande.

—Ahora no tienes que preocuparte por explicar eso —dijo Patrick—. Han salido.

—¿Quién?

—Todos. Tus padres y tus hermanos.

—¿Está aquí la niñera?

—Todavía no, llegará tarde. ¿Puedes aguantar hasta mañana?

Omri no lo sabía. Suponía que sí. Le daba vergüenza admitir que se había puesto triste cuando Patrick le había dicho que su madre no estaba en casa. De repente la necesitaba. Quería contarle todo y dejar que le cuidara. Bien, no podía ser; eso era todo. Daba igual, quizá.

Boone, agotado, se echó en la cabaña a dormir, después de tomarse lo que quedaba de whisky. Patrick y Omri bajaron al cuarto de baño de la otra planta y encontraron un ungüento. Omri se lo puso. Al verse en el espejo, se asustó. Tenía la cara blanca, roja y negra. Pensó que a él tampoco le iría mal un poco de whisky, pero se tomó sólo una aspirina.

—¿Qué pasó con los demás? —preguntó Patrick.

—No lo sé.

A Omri le pareció que todo había ido bien sin que él lo controlara. Después de haber visto a Boone, a Toro Pequeño y a Estrellas Gemelas a tamaño natural, ya no pensaba en ellos de la misma forma. Una parte de él, hasta la batalla, había seguido pensando en ellos como "suyos", no exactamente como juguetes, pero sí que le pertenecían. Esa ilusión había desaparecido. ¿Qué estaba pasando en el pueblo? Fuera lo que fuese, él era responsable de ello. No podía evitar darse cuenta de que había enviado armas modernas y devastadoras al pasado y que habían matado gente. "Malos", por supuesto..., ¿pero quiénes eran los malos? Si Patrick, hacía un año, le hubiera regalado cualquier otro indio de plástico, podía haber sido un algonquín y entonces los "malos" hubieran sido los iroqueses. De repente Omri sintió que la pesadilla no estaba allí, sino aquí.

—Creo que deberíamos hacerles volver —dijo Patrick.

—Hazles volver si quieres —dijo Omri que, de pronto, se sentía muerto de cansancio—. Yo me voy a dormir.

Empezó a subir las escaleras hacia su habitación y se detuvo. Arriba no. Quería un terreno neutral. Luego se dio la vuelta y bajó otra vez.

—¿Adónde vas? —preguntó Patrick.

—Al cuarto de estar. Voy a dormir en el sofá.

—¿Y cuando venga la niñera?

—Que se quede en el comedor. —Se paró y miró a Patrick a los ojos—. No hagas ninguna tontería —dijo—. Yo ya no puedo más.

—Cuidaré de todo —dijo Patrick.

Omri siguió andando, aunque los pies le parecían de plomo. Ni siquiera encendió la luz del cuarto de estar. Se tiró en el sofá y se quedó profundamente dormido en menos de dos minutos.

20. INVASIÓN

Durmió sin soñar durante dos horas. Luego algo le despertó.

Levantó la cabeza bruscamente. Su madre no había cerrado las cortinas y entraba un poco de luz de la calle. Se sentía raro, pero enseguida vio dónde estaba y recordó por qué estaba allí. Pero no era el momento de despertarse, así que, ¿por qué se había despertado?

Vio que había alguien en la habitación; mejor dicho, entrando en la habitación. Por una ventana abierta que daba al jardín delantero y que no debería haber estado abierta. Lo que le había despertado había sido el ruido que hizo al abrirse y la corriente de aire frío de la noche. Miró por encima del brazo del sillón, que estaba al fondo del cuarto de estar y quedaba a oscuras. Veía claramente la silueta de un hombre que metía, con mucho sigilo, primero una pierna y luego la otra por el alféizar de la ventana, agachando la cabeza para pasar por debajo de la persiana a medio bajar: una cabeza sin pelo que tenía un brillo apagado a la luz del farol que había al otro lado del seto.

Durante un segundo, Omri pensó que era un algonquín. Pero no había ningún mechón en aquella cabeza afeitada. Era un *skinhead*. No, no era uno sólo.

Una vez dentro, la primera figura se agachó y llamó a alguien. Otra figura surgió de las sombras, y luego otra. Uno a uno fueron entrando silenciosamente en casa de Omri.

Recordó en un fogonazo la noche anterior (¿era sólo la noche anterior?) cuando bajó a buscar algo de comida para Estrellas Gemelas. Había visto una cabeza sin pelo pasar por la ventana de la cocina y luego lo había olvidado. Debían de haber estado espiando, "estudiando la coyuntura", haciendo planes para cuando la familia estuviera fuera...

¿Dónde estaba la niñera?

Normalmente tendría que estar aquí, viendo la televisión. Pero la televisión estaba apagada en el rincón. Los intrusos fueron hacia ella y se pusieron a su alrededor. Mientras uno la desenchufaba y enrollaba el cable, los otros dos la levantaban. ¿Iban a intentar sacarla por la ventana? No. La llevaron hacia la puerta sin hacer ruido. El que llevaba el cable la abrió y salieron.

Omri puso las piernas en el suelo y se puso de pie conteniendo la respiración. Los latidos de su corazón eran increíblemente regulares. De hecho, se sentía tranquilo y despejado. Había otra puerta en el cuarto de estar que daba a las escaleras. Caminando por la alfombra sin hacer ruido, salió de la habitación mirando hacia la puerta principal.

Estaba abierta. Los *skinheads* iban por el sendero, pero todavía no pensaban marcharse. Pusieron la televisión en el jardín junto al seto. Omri sabía que volverían a por más. Dio dos pasos rápidos hasta la escalera y subió los escalones silenciosamente de dos en dos.

Tenía que llamar a la policía.

No, no podía. El único teléfono que había estaba en la entrada.

Tenía que hacer *algo*. No podía dejarles escapar así como así. Bastante nefasto era que hubieran hecho de su vida un infierno en la calle Hovel como para que, además, invadieran su territorio. Pero era innegable que ellos eran mayores que él, que eran tres y que, probablemente, llevaban navajas.

Llegó a su habitación del ático sin respiración y abrió la puerta tan silenciosamente como pudo. Se detuvo. Estaba lleno de extrañas luces pequeñas y de sombras que se movían.

Lo primero que vio fue a Patrick, profundamente dormido encima de unos cojines en el suelo. Luego vio que el armario estaba otra vez encima del baúl y también la bandeja. Parecía haber mucha actividad y ruido de pasos en su interior. Omri se acercó para ver mejor.

Se encontró con una escena asombrosa.

La cabaña en ruinas se había transformado en una especie de hospital improvisado. Hojas limpias, evidentemente arrancadas de un cuaderno, cubrían el suelo. En dos filas, con un pasillo en medio, había indios heridos. Parecían estar bien atendidos. Los que Omri pudo ver a través de los agujeros del tejado estaban vendados y tapados con mantas hechas con cuadrados cortados de los calcetines de deporte de Omri. Reconoció las rayas azul y verde sobre la toalla blanca. Estrellas Gemelas estaba allí, con el bebé atado a la espalda, moviéndose entre ellos con un cubo, dándoles de beber.

A cada extremo del edificio ardía un pequeño fuego de cerillas y virutas de vela, vigilado por un indio sano. Alrededor de los fuegos, dormían más guerreros metidos en sacos de dedos de guantes.

Los ojos de Omri fueron hacia una luz que brillaba en uno de los extremos de la bandeja. El cabo de la vela estaba metido en la tierra y encendido. A su alrededor, murmurando y canturreando, Toro Pequeño bailaba una especie de danza lenta. Su sombra, enormemente agrandada, se lanzaba a las paredes de la habitación de Omri y la ligera, misteriosa y sollozante nota de su canción llenó de tristeza el corazón del muchacho.

Cerca de la vela, estaba la pradera. Era como un cementerio. Tendidas en la hierba había unas siluetas pequeñas y quietas, cubiertas con cuadrados de algodón manchados de gotas de color rojo. Omri los contó. Había ocho. Ocho de cuarenta. Y todos los heridos. ¿Cómo había ocurrido si habían hecho caer en una emboscada a sus confiados enemigos, con armas muy superiores?

A Omri sólo le llevó unos pocos segundos asimilarlo todo. Entonces, de las profundidades de la cabaña, salió una pequeña figura blanca y azul con un gorro alto.

—¡Bueno! —exclamó al verle—. ¡Que bonito saludo! ¿Llaman a esto sala de bajas? Preferiría ser Florence Nightingale. ¡Ella sí que lo tenía fácil! ¡Quienquiera que haya dejado sueltos a estos pobres locos con armas modernas, debería pegarse un tiro!

—¿Qué pasó? —preguntó Omri con la boca seca.

—¡Lo que tenía que pasar! *¡Se dispararon los unos a los otros!* Por lo que he podido saber de su jefe, encerraron al enemigo en un círculo y se pusieron a disparar desde todas partes, sin saber lo lejos que llegan las balas. ¡Los disparos que no daban al enemigo iban a dar al aliado de enfrente! He sacado tantas balas esta noche, que ya podría hacerlo con los ojos cerrados…

Volvió a su trabajo, refunfuñando en voz alta.

Omri se agachó y despertó a Patrick.

—Levántate. Tenemos ladrones abajo.

Patrick se incorporó de golpe.

—¡¿Qué?!

—*Skinheads*. Tres. Deben de creer que no hay nadie en casa. Vienen a dejarnos limpios, sólo que no lo conseguirán porque vamos a detenerles.

—¿Nosotros? ¿Cómo?

—¿Dónde están las armas que tenían los indios?

—En el armario. Me parece que ha habido muchos heridos.

—Fuimos unos insensatos… ¿Dónde está la bolsa con los soldados británicos que teníamos en el jardín?

—Aquí. Pero no irás a…

—¿Dónde está Fickits?

—Con ellos.

Omri se puso a vaciar frenéticamente la bolsa de papel en el baúl. Encontró a Fickits enseguida y casi le lanzó al armario, recordando, justo a tiempo, sacar antes el montón de rifles, ametralladoras y metralletas que había en su interior. Cerró y abrió la puerta con la llave y, al momento, apareció Fickits, perplejo, junto al montón de armas.

—¡Cabo! Revise esas armas.

Fickits, frotándose los ojos, se puso firme enseguida y luego empezó a desenredar lo que ahora parecía un montón de chatarra. Mientras tanto, Omri iba metiendo puñados de soldados en el armario. Patrick se acercó a él.

—¡Pero estás loco! Siempre me estás diciendo que no...

—¡Cállate y tráeme algo plano!

—¿Como qué?

Omri se volvió hacia él furioso.

—¡Despabílate..., cualquier cosa! ¡Una bandeja, un libro...! Mi cuaderno de recambios vale. ¡Venga, date prisa!

Patrick lo hizo. Omri cerró el armario, pero no dio vuelta a la llave.

—¡Cabo!

—¿Siseñor?

—¿Cuánta munición queda?

—¿Munición, señor? Mejor será decir cuántas armas. Los pieles rojas las han destrozado. Un destrozo absoluto. Me lo temía, señor. ¡Eran instrumentos de precisión, señor, y no malditos arcos y flechas!

—Eso no importa ahora. Voy a ponerle al frente de una... operación, Cabo.

—¿A mí, señor?

—Esta vez no son indios. Serán tropas británicas. Y atacarán a tres personas de mi tamaño.

—¡Dios nos ayude, señor! ¿Cómo podremos?

—Haga lo que yo le diga, Cabo, y que ellos hagan lo que usted les diga. ¿De acuerdo?

Fickits tragó saliva ruidosamente; luego se puso firme.

—Puesto que la mayoría de ellos son marines, señor, espero que podamos hacerlo.

—Bien. Quédese aquí para tranquilizarles cuando salgan.

—No es necesario calmarles, señor. Hay poca luz. Les diré que estamos de maniobras nocturnas.

Omri giró la llave en la cerradura y rápidamente abrió la puerta. Se alegraba de que la luz fuera débil. Patrick colocó el cuaderno de hojas recambiables de Omri frente al armario y subieron a él veinte o treinta figuritas vestidas de caqui. Algunas llevaban todavía sus armas; otras, obedeciendo las órdenes de Fickits, empezaron a arreglar algunas de las que habían usado los indios. La habitación se llenó de los sonidos metálicos de las armas al cargarse.

—¿Utilizaremos esta vez las armas grandes, señor, ahora que tenemos dotación? —preguntó Fickits a Omri en un aparte.

—Sí. Haga que formen allí y diga a sus hombres que se preparen para un importante ataque cuando usted dé la orden.

—No hay problema, señor. Sólo que no..., esto... —tosió—. No se ponga delante, señor. Todavía no han visto nada inusual, ¿entiende lo que le quiero decir?

Patrick sí había entendido y estaba cogiendo febrilmente los trozos de armas que encontraba en la lata de galletas y haciendo que la llave y el armario hicieran su trabajo con ellos. Pronto los hombres, armados con fusiles ligeros, cohetes antitanque portátiles e incluso un revienta–refugios (un misil Milán), un armamento formidable sobre el cual Omri no sentía el más ligero escrúpulo, estuvieron en posición, colocados en tres lados de un cuadrilátero de espaldas a Omri.

—Cabo —susurró—. Voy a transportarles a todos. Cuando vean el blanco, dé la orden de que disparen a discreción.

—¡Señor!

—¡Y no se preocupe! Nadie resultará herido.

—Esperemos —murmuró Patrick cuando empezaron a bajar las escaleras a oscuras.

21. DERROTA DE LOS SKINHEADS

Se movieron en la oscuridad sin hacer el menor ruido. Omri sentía a través de sus manos, que sujetaban los bordes de la plataforma–cuaderno, débiles vibraciones de vida. También sentía, por primera vez desde que había sucedido, escozor en la piel de la palma de su mano que las diminutas balas habían perforado.

En el primer rellano dio un codazo a Patrick para que se detuviera.

En la parte de abajo del primer tramo de la escalera, había un escalón que crujía. Lo oyó crujir en ese momento. Cambió de dirección y se metió por una puerta entreabierta que daba al cuarto de baño.

Él y Patrick estaban detrás de la puerta. Había otra puerta en esa habitación, que llevaba al dormitorio de sus padres, y también estaba abierta. Vieron cómo una luz débil, como de una linterna–lápiz, recorría el rellano y oyeron los sigilosos sonidos de los *skinheads* tras ella. Luego un débil susurro:

—Probemos ahí.

El dedo de luz se desvaneció para volver a aparecer por la otra puerta. Los intrusos estaban en el dormitorio de los padres de Omri. Podía oírles moverse furtivamente, y luego oyó el suave gemido de un armario al abrirse.

—¡Bah! No hay abrigos de piel…

Omri y Patrick se quedaron clavados en el suelo, sin apenas respirar. Omri estaba casi rezando para que, en la oscuridad, ningún soldado apretara el gatillo por error. De repente, la luz de la linterna estaba a menos de medio metro de ellos del otro lado de la puerta.

—¡Mira esto, Kev!

Omri apretó los dientes. Sabía qué habían encontrado. Un pequeño armario de roble con cajoncitos planos en el que su madre guardaba las pocas joyas que tenía, la mayoría de plata antigua heredadas de su madre. Le tenía mucho cariño aunque no era especialmente valioso. Omri oyó el roce de los cajones de madera y luego:

—Esto lo podemos vender en el Rastro… Vamos a llevárnoslo así.

Después otra voz, un poco más lejos, pero perfectamente audible, pues creían que estaban solos y se estaban volviendo descuidados:

—¡Mira! ¡Voy a echar una meada en su cama!

Hubo un estallido de risitas ahogadas.

Aquello fue demasiado.

Antes de que Omri pudiera dar la señal de ataque, Patrick lanzó un gruñido de asco y abrió la puerta de par en par.

—¡El interruptor de la luz! ¡A tu lado! —gritó Omri.

Hubo un segundo de expectación mientras Patrick lo buscaba a tientas. Luego se encendió la lámpara del techo, inundando la habitación de luz. Los *skin-*

heads se quedaron paralizados en posiciones grotescas, como niños jugando a las estatuas. Sus feas caras estaban vueltas hacia los chicos, con los ojos desorbitados y las bocas abiertas.

Omri entró como una furia vengadora y luego se detuvo con la plataforma–cuaderno y su contingente de hombres preparados ante él.

—¡Eh! ¿Qué demonios...?

La voz del Sargento Mayor de Fickits tronó fuerte y clara:

—¡FUEGO A DISCRECIÓN!

El mayor de los *skinheads* rugió e hizo un movimiento hacia Omri. Durante una décima de segundo estuvo ante él amenazante. Luego hubo una ráfaga de tiros sincronizada y, de repente, aparecieron pequeños puntos rojos en su cara formando una línea diagonal desde la parte de abajo de una mejilla que atravesaba la nariz hasta la parte de arriba de la otra. Se detuvo de golpe, lanzó un grito de dolor y ultraje y se llevó las manos a la cara.

—¡Me han picado! ¡Son avispas! ¡Quitádmelas!

Detrás de él, su compañero fue hacia Patrick con las manos extendidas para agarrarle.

—¡Yo los cogeré! Pequeños...

Pero lo único que consiguió fue el equivalente en miniatura de una bomba antitanque bajo la uña del pulgar.

—¡Aaahhh...! —gritó y soltó una retahíla de palabrotas, sacudiendo la mano y bailando de dolor.

El tercero y más pequeño de la panda había estado mirando el objeto que llevaba Omri entre sus manos y, a diferencia de los otros, lo *había visto*. Soltó un sonido que comenzó como un lamento y terminó en alarido.

—¡AaagggAAAOOOUUUIII...!

Luego empezó a moverse frenético de aquí para allá gritando:

—¡Socorrooo...! ¡Están vivos! ¡Los he visto! ¡Están vivos!

Las armas seguían disparando sin parar. Los otros dos también quisieron escapar, pero habían perdido el sentido de la orientación. Tropezaban con los muebles, las paredes y unos con otros. Juraban, gritaban y daban saltos en el aire cada vez que les daban en algún lugar sensible. Omri y Patrick se unieron al estruendo dando gritos de ánimo a sus hombrecitos. Patrick daba saltos como si estuviera en un combate de lucha o en un partido de fútbol. Omri tenía que estarse quieto para mantener firme la plataforma de tiro, pero lanzó un grito de júbilo cuando los tres invasores encontraron la otra salida y huyeron por ella, atropelladamente.

—¡Alto el fuego! —gritó Patrick.

—¡ALTO EL FUEGO! —repitió Fickits.

Hubo una fracción de segundo de silencio. Luego los niños oyeron a los *skinheads* corriendo y diciendo palabrotas por la escalera. Uno de ellos tropezó, hubo una serie de golpes ininterrumpidos y luego un fuerte chasquido al romperse una de las barandillas. Los chicos corrieron al rellano, les vieron huir por el sendero y oyeron el golpeteo de sus botas a lo largo de la calle Hovel acompañado de lamentos de angustia.

Los chicos se abrazaron.

—¡Lo conseguimos! ¡Lo conseguimos!

—¡Fue estupendo cuando encendiste la luz! ¡Fantástico!

—¿Cómo pudiste mantenerlo derecho? Yo les hubiera tirado a todos, ¡estaba tan excitado! ¡Hey! ¿Dónde está?

—Lo puse encima de la cama.

Entraron corriendo en la habitación. Fickits estaba ordenando a los hombres que retiraran y taparan las armas grandes.

Cuando vio a los niños, dejó a sus hombres y se acercó al borde de la plataforma.

—¿La operación ha sido un éxito, señor? —preguntó en voz baja.

—¡Definitivo, Fickits! ¡Bien hecho! —dijo Omri.

—¿He dicho Sargento, Fickits? —dijo Patrick—. Quería decir: Capitán.

—¡Yo, no, señor! Demasiada responsabilidad —tosió—. Mejor será que coja a los hombres formados en fila y regresemos al cuartel lo antes posible, señor.

—¡Sí, tiene razón! ¡Gracias de nuevo, Cabo, ha sido fantástico!

Y empezó a llevarles escaleras arriba.

—Comprueba que todo va bien por ahí arriba —dijo Omri.

—De acuerdo —Patrick llegó hasta la puerta y se detuvo—. Ahora no me importa tanto haberme perdido la otra batalla —dijo—. ¿No fue *fantástica* ésta?

—Sí —dijo Omri.

Estaba pensando en lo fantástico que era, también, no volver nunca a tener miedo de pasar por la calle Hovel. De ahora en adelante no querrían volver a tener nada que ver con él, y si no... Después de haberles visto salir corriendo de esa manera, y después de todo lo que le había sucedido aquella noche, no podía imaginarles asustándoles en el futuro.

Miró la habitación a su alrededor. Iba a tener que dar unas cuantas explicaciones. Se había roto el cristal de un cuadro, había muchos agujeros pequeños y otros un poco mayores en el papel de la pared y a los pies de la cama. Luego estaba la barandilla, y sus propias heridas... Bueno, le contaría a sus padres lo de los ladrones, diría que hubo una pelea. Tal vez colara... Por lo menos, eso esperaba.

Se agachó y cogió el armario de las joyas de su madre. Lo había salvado para ella. Debajo de él había una linterna–lápiz barata todavía encendida. La apagó y se la metió en un bolsillo. Podía, si le apetecía, devolvérsela al pequeño *skinhead* si se encontraba con él el lunes después del colegio... Verle la cara sería para morirse de risa.

Omri dio un suspiro de satisfacción y bajó las escaleras para meter dentro las cosas que había amontonadas en el jardín de enfrente.

EPÍLOGO JUNTO AL FUEGO

Cuando todo estuvo otra vez en su sitio con la ayuda de Patrick, excepto la barandilla que habría que pegarla por tres sitios, se hicieron un chocolate caliente para tomárselo arriba con unas patatas frías y otros restos de la nevera. Estaban tan entusiasmados que no sentían el cansancio y estaban dispuestos a quedarse sin dormir toda la noche.

—Envié de vuelta a la matrona para que trajera algunas medicinas y cosas que necesitaba —dijo Patrick—. Pero me hizo prometer que fuera a buscarla por la mañana. Dice que va a pedir una semana de permiso en Santo Tomás. Le encanta todo esto.

—A Fickits, también.

—A Toro Pequeño, no.

Omri no contestó. Cada vez que pensaba en la batalla india se desvanecía el inmenso placer de la de los *skinheads*.

—¿Dónde está Boone? —preguntó de repente.

—También le hice volver. Me lo pidió. Dijo que los tiroteos y las peleas del *saloon* serían una cura de reposo después de todo lo que había pasado... Dijo que le gustará vernos pronto, cuando las cosas se hayan calmado.

—¿Qué pasó con su caballo?

—¡Ah, sí! Le di el que montaba aquel oficial de caballería inglés —respondió Patrick solatando una risita—. ¡Tenías que haberle oído lanzar juramentos cuando se lo quité! Boone dijo que era precioso. Realmente, estaba encantado con él. Y apuesto lo que quieras a que el caballo será más feliz con él que con ese presumido casaca roja.

Cuando llegaron a la habitación, todo estaba en silencio. La vela se había apagado y Toro Pequeño había tenido que detener su danza y su canto por los muertos. Uno de los fuegos estaba apagado, y el otro ardía bajo. Todos los indios, incluidos los heridos, dormían. Excepto Toro Pequeño que estaba sentado junto al fuego con las piernas cruzadas. Estrellas Gemelas estaba dormida a su lado, con el niño en brazos.

Patrick encendió una cerilla y Toro Pequeño miró hacia arriba.

—Hemos traído comida —dijo Omri.

—No comer —dijo el indio.

Omri no le presionó. Llenó de chocolate un tapón de pasta de dientes y lo puso a su lado con un trozo de patata.

La cerilla se apagó. Se sentaron juntos en la oscuridad, con los rescoldos del fuego como única luz. Los niños se tomaron el chocolate. Nadie habló durante un largo rato. Luego, Toro Pequeño dijo:

—¿Por qué Omri traer Toro Pequeño?

Por primera vez en dos días, Omri pensó en su premio. Se le había ido de la cabeza completamente. Ahora parecía tan trivial que le daba vergüenza mencionarlo.

—Me ocurrió algo muy bueno que tenía que ver, en parte, contigo y quería contártelo.

—¿Qué cosa buena ocurrir?

—Escribí un cuento sobre ti y Boone y… resultó que era bueno.

—¿Omri escribir verdad sobre Toro Pequeño?

—Sí. Todo era verdad.

—¿Omri escribir Toro Pequeño matar propia gente?

—¡Por supuesto que no!

—Tú escribir antes suceder esto. Próxima vez escribir Toro Pequeño matar propios bravos.

—No lo hiciste. Las armas–ahora les mataron. Tú no podías saberlo.

—¡Entonces Toro Pequeño idiota! —su voz amarga llegó de la oscuridad.

Se quedaron callados. Patrick dijo:

—Nosotros fuimos los idiotas, no tú.

—Sí —dijo Omri—. Deberíamos haberlo sabido. No tendríamos que haber interferido.

—¿Inter–ferido? Omri no herido.

—Quiero decir que debimos dejarte solo.

—Si dejar solo, Toro Pequeño morir de arma francés.

Hubo una pausa. Luego Omri dijo:

—Venciste a los algonquines.

—Sí. Vencer ladrón algonquín. Pero, no vencer francés.

—Sí. Fue una pena —dijo Patrick, emocionado—. Después de todo…

—Cuanto menos muertos, mucho mejor —murmuró Omri.

—¡Bueno matar francés! —exclamó Toro Pequeño, sonando más parecido al de antes—. Matar francés próxima vez.

—Pero no con armas–ahora.

Después de un silencio, Toro Pequeño dijo:

—Armas–ahora bueno. Disparar lejos. Ahora Toro Pequeño saber disparar lejos. Próxima vez no poner bravos donde balas ir. Omri dar armas–ahora. ¡Devolver!

Las ascuas del fuego se encendieron un poco. Estrellas Gemelas se había levantado para echar otra viruta de cera. Se agachó al lado de Toro Pequeño y le miró a la cara.

—No —dijo con firmeza.

Él la miró.

—¿No qué?

Habló con él suavemente y con absoluta seriedad en su propia lengua. Él fruncía el ceño a la luz de las llamas.

—¿Qué ha dicho, Toro Pequeño?

—Esposa decir, no usar armas–ahora. Pronto bravos olvidar destreza con arco. Mujer no querer hijo crecer sin arco indio. Ella decir armas–ahora matar demasiados, demasiado fácil. No honor para jefe o hijo jefe.

—¿Qué piensas tú?

—¿Omri dar armas–ahora si Toro Pequeño pensar bueno?

Omri negó con la cabeza.

—¿Entonces por qué pelear con esposa? ¡Dar razón esposa! Paz en cabaña, hasta próximo enemigo venir. ¡Entonces quizá esposa sentir!

La miró con el ceño fruncido. Ella sonrió, se agachó, recogió al bebé y lo puso en brazos de Toro Pequeño. Él se sentó y se quedó mirándole.

—Cuando hijo crecer, Toro Pequeño contar que Omri escribir cuento. Toro Pequeño vivo en cuento cuando haber ido con antepasados. ¡*Eso* dar honor, hacer hijo orgulloso de padre!

—Él estará orgulloso de ti, Toro Pequeño. Sin necesidad de que yo le ayude.

Toro Pequeño le miró. Se levantó. Del fuego salió una repentina llamarada. Se quedó de pie, con las piernas separadas, el cuerpo brillante y el severo rostro tranquilo por una vez.

—Omri bueno —dijo en voz alta—. ¡Devolver *Orenda* a Toro Pequeño!

Orenda. La fuerza de la vida.

Sostuvo a su hijo en alto con las dos manos, como si se lo ofreciera al futuro.

ÍNDICE

ÍNDICE